LOS CUADERNOS DE PragA

ABEL POSSE

LOS CUADERNOS DE PRAGA

EDITORIAL ATLANTIDA
BUENOS AIRES • MEXICO • SANTIAGO DE CHILE

Diseño de tapa: Peter Tjebbes
Diseño de interior: Natalia Marano

"Guevara no quería volver a Cuba después del desastre del Congo. Físicamente estaba muy mal. Eligió Praga y allí pasamos varios meses, antes de la campaña de Bolivia, en la clandestinidad. Llegó disfrazado vía El Cairo."
—Ulises Estrada

"Corre el rumor de que durante aquel período de indecisión el Che vertió en algunos cuadernos sus reflexiones, vacilaciones y proyectos. Cosa imposible de comprobar, dado el hermetismo oficial de Cuba para con los escritos del Che. Si existen, esos hipotéticos Cuadernos de Praga deben de estar más guardados aún que ningún otro documento... Cuando se conoce la libertad de palabra de Guevara, cabe suponer que podrían ser dinamita. El interés de sus Cuadernos, siempre que aparezcan algún día, sería el de informarnos del estado de ánimo del condottiero mientras descansaba, durante aquellas largas jornadas de absurdo ocio, en una Praga soberbia y gélida."
—Pierre Kalfon

"Los grandes quedarán en el recuerdo. Pero cada uno de ellos fue grande en relación con lo que esperó. Uno fue grande esperando lo posible. Otro, esperando lo eterno. Pero quien esperó lo imposible fue el más grande de todos."
—Kierkegaard

CREO QUE NUNCA HUBIERA ESCRITO SOBRE MI COMPATRIOTA GUEVARA. Pero ocurrió que estuve en Praga desde el ascenso de Havel, como testigo del desmoronamiento del imperio soviético. Estas cosas suelen empezar desde la casualidad. Llegué a Praga, la mágica, en 1990 y recién en 1992 oí algo sobre Guevara y su estadía en ella. Etapa decisiva para él, en el momento más importante en su vida de transfiguraciones. Esa estadía era mantenida en secreto. Sólo se sabía, se decía, que después de las batallas frustradas en el Congo, y antes de su salto a Bolivia, "se había refugiado en un país del Este".

En algún momento empecé a presentir que su fantasma merodeaba cerca de los ventanales del café Slavia, o por el lado de la isla de Kampa. O se deslizaba por las callejas empedradas y mojadas por la garúa de otoño, por la Mala Strana.

Empecé a intuir dos fantasmas: el de Guevara y el de Kafka con su galerita redonda. Ambos se dejaban entrever apenas un instante, en el ángulo de la calleja por la que se esfumaban. Ambos me parecían extrañamente complotados en dejar signos. La boina militar y la galerita redonda del guerrero interior, el señor K...

Cuando cayeron sobre Guevara el bronce y el mármol de las cuatro grandes biografías lapidarias (como conmemoración editorial mundial del trigésimo aniversario de su muerte), me precipité sobre esos textos sin encontrar los detalles necesarios sobre la crucial experiencia de aquellos meses en Praga. Casi medio año entre la desilusión/derrota del Congo y el esfuerzo final y trágico de Bolivia, era apenas tratado cronológicamente en dos o tres páginas.

Comprendí que las biografías, tan exactas y cuidadas, con algunas disimuladas malas intenciones y un homenaje final y sin retaceos para tanto coraje ya asimilado por el sistema, dejaban intacto lo central de Guevara, su intimidad. Su diálogo final con la muerte, la extraña naturaleza de su última transfiguración y su soledad transformada en desafío casi desesperado. Desafío de suicida sublime, de quien, quizá, matándose nace.

En esos libros importantes, la etapa praguense de Guevara era apenas señalada a través de algunas anécdotas de sus guardaespaldas fieles. Comprendí que la mejor biografía, pegada al dato exterior y confirmable, es siempre como un esquema del biografiado, su yo de superficie, su gesticulación histórica. Me decidí a escribir desde una frase de Mijail Bajtin, que sonaba como un mensaje arrojado en las aguas del Báltico en los más duros años del sovietismo: "La novela es el triunfo de la vida sobre la ideología".

Las biografías confirman al Guevara de las ideologías. Sólo la novela podía liberarlo de su imagen de profeta de la liberación.

Además había conocido a Vlásek. El chofer de nuestra embajada me había oído hablar sobre Guevara en un viaje al aeropuerto. Al regresar me dijo:

—¡Usted debiera conocer a Vlásek! Ése sí que sabe cosas de Guevara. Mi vecino... ¡Qué Vlásek! Usted debería hablar con él...

Zigmund había trabajado durante veinte años para la embajada de Cuba. Se le había pegado cierta espontaneidad tropical, nada común entre los checos. Después supe que Zigmund, tanto como Vlásek, aparecían en la lista de la "ley de lustraciones" que enlistaba a los colaboradores con la policía secreta y la rama checa del KGB. Pero Vlásek, al facilitarme el acceso a la versión mecanografiada (no al original manuscrito) de los Apuntes filosóficos y Cuadernos de Praga, sin duda me llevó a la decisión de ahondar en ese tiempo clave.

Todo esto me motivó para escribir sobre

Guevara. *Invité a mucha gente a mi novela. Viajé a Cuba en tres ocasiones. Busqué debajo del montón de anécdotas, sentimientos y zalamerías póstumas. A mediados de 1993 empecé a perseguir con ahínco al fantasma que se burlaba de mí perdiéndose en algún portal de la Nerudova o por la calle Zeletna.*

Y de vez en cuando, el otro, el señor K. con su galera de broker de la City londinense y sus ojos negros brillantes y al fin vagamente irónicos, como de resucitado...

Después de una noche de mucho alcohol, me vi —o me soñé— en la solitaria Plaza Vieja, en el Stare Miesto de Praga. Era muy tarde. Sería antes del amanecer y después del stalinismo. Había llegado el príncipe Kinsky, que es argentino, en su Mercedes. Lo estacionó ante el palacio de sus ancestros. Puso al máximo sus parlantes con la música de Valencia. Todos nos tomábamos de la mano en una alegre serpentina de borrachos que entraba por la puerta del negocio de Herman Kafka y salía hacia la Zeletna hasta embocar los arcos de la plaza y pasar por el reloj astrológico y el Rathaus incendiado por los nazis. La estúpida y alegre marcialidad de Valencia nos impulsaba.

Kinsky y Lena, Kafka, Tita Infante, yo, Aleida, Ribalta, Max Brod, el Che disfrazado de burgués inocuo, Ulises Estrada, Milena, Pombo, el sombrío Vlásek, Rosevinge, Tania con sus apretados pantalones militares doblemente incitantes, Arthur London-Slanski, Martínez Tamayo, Arcimboldo, Elisabeth Burgos, el rabino Löw, Karel Chápek, y

Zigmund, que de vez en cuando se salía de la movediza serpiente humana para repetir la cinta de Valencia, ese entusiasmo tonto y sonoro que nos mantenía saltarines, tomados de la mano... Había muchos más, con rostros blancos, como máscaras venecianas. Y por los bordes de la Plaza Vieja, la sombra maloliente de los muertos. Husistas muertos, guerrilleros muertos, soldados bolivianos, negros congoleños, protestantes con el rostro azul de los ahorcados. Los muertos anónimos en su masa triste, por los bordes de la plaza. Y los héroes tomados de la mano, al son de Valencia...

¡De algún modo todos dependían de mí! Todo novelista puede, como un mago, transformar la muerte en destino y la historia seria y cronológica en realidad humana.

Praga. 1966. Apuntes filosóficos. Café Slavia. Primera salida en solitario. Pido un té, fumo mi pipa con tabaco Amsterdamer, un lujo para el retornado guerrero. Conseguí la mesa de la ventana. Inauguro los Cuadernos de Praga.

Mañana gris de invierno duro. La luz perlada de Praga. Una lejana luz encendiendo la niebla. Allí en lo alto, entre ráfagas de nubes, el Hradscany, el castillo de todos los poderes. Bogan los cisnes, solemnes y distantes, hacia el puente de Carlos, el Karlsbrücke.

Engañé a mis guardaespaldas: soy relativamente libre en mi disfraz de hoy. Hoy soy Raúl Vázquez Rojas, pasaporte 114.145. Eso dice la "leyenda". Comercio en maderas duras y nobles, llegué del Congo vía El Cairo. Tengo casi veinte años más y mucha sensatez. Nada de quijotismos juveniles. Gafas, calvicie, una prótesis para aburguesar la cara, zapatos huecos para bajarme de mi altura. Soy un *apparatchik* del capitalismo. Aparecen ahora las agujas de la catedral de San Vito, en lo alto del castillo. Sus cuernos de caracol hundidos en la niebla, como diría Dylan Thomas.

He corrido treinta y seis años y ahora descanso dentro de Vázquez Rojas, el comerciante, que es un poco franquista e hincha del Real Madrid, según dice la leyenda que memoricé, preparada por los servicios cubanos. Vázquez Rojas me enseña a fumar despacio, a tener paciencia con los fósforos soviéticos. Ni Vázquez Rojas ni los otros pasaportes —Adolfo Mena, el uruguayo, o Ramón Benítez— se proponen cambiar el mundo.[1] Buscan en el diario de la tarde los resultados de la liga. Marcan con una cruz la película por ver.

Descanso dentro de mi máscara. Qué alivio. Engordo en paz después de haber perdido veinticinco kilos en mi último fracaso; tratando de fundar un mundo que los negros detestan. En el corazón del Congo.

---

[1] N. del E. Los tres apellidos corresponden a las identidades imaginarias que utilizó Ernesto Guevara para sus desplazamientos y estadías clandestinas. Por momentos narra episodios desde el punto de vista de esos seres de ficción o entabla discusiones con ellos. Los tres correspondían a diferentes caracterizaciones físicas de Guevara, con diferentes grados de calvicie y grandes gafas.

El mozo me trae el té adivinando que soy un turista belga; no podría imaginar que vengo de comer ensalada de mariposas de la jungla, que vomité la carne esponjosa, intragable, de elefante, que pasé una bíblica diarrea que me duró cuarenta días y cuarenta noches. Un verdadero diluvio privado.

Hace bien Vázquez Rojas en comerse una masita de hojaldre con el té. Hace bien. Ahora se echa hacia atrás en el sillón y entrecierra los ojos porque los cuatro viejos de la orquesta del Slavia arrancan con un melancólico *Pobre mariposa*. *Poor Butterfly*. Seguramente Vázquez Rojas lo bailó en sus años de Burgos, en la fiesta anual en el hotel Condestable con su novia Concepción cuando Franco empezaba a poner un poco de orden...

Siempre resurge en mí el provocador. Cuando los viejos terminaron con *Pobre mariposa* sentí la necesidad de arruinarle la mañana a Vázquez Rojas-Mena-Benítez; anoté como ensuciando el cuaderno filosófico con un borrón de muerte:

Hablo de la muerte del otro, no de mi muerte. Hablo de matar a mano, como un artesano del demonio, firmando un terrible e irremediable pacto de sangre. Pasó en los comienzos de la campaña de Sierra Maestra, el 17 de febrero de 1957, cuando solamente quedábamos veinte, juramentados en dar la batalla de Cuba. Habíamos descubierto que Eutimio Guerra era un delator infiltrado. Nos señalaba al ejército por intermedio de sus amigos de la Sierra. Lo pescamos *in fraganti*. Almeida lo detuvo. Había causado la muerte de varios. Eutimio estaba allí, arrodillado. Tenía varios hijos y eso siempre complica la vida del justiciero. Fidel le comunicó que sería ejecutado. (Aquél sería nuestro primer fusilamiento.)

Todos estábamos en torno de él, cuya dignidad molestaba. Ciro Frías, amigo de Eutimio, expuso los detalles de las culpas y la razón revolucionaria. No lloraba, Eutimio; simplemente envejecía en aquella hora hacia su muerte. Los cabellos negros se fueron agrisando y terminaron blancos. La escena se me hizo cada vez más clara con el tiempo. Ahora ya no recuerdo árboles ni noche. Es un espacio claro, pelado, como si la Tierra fuese una bocha de billar ante el Universo. Además, con los años tampoco hay gente: Eutimio está arrodillado, envejeciendo, solo ante mí, que estoy de pie con una pistola en la mano. Envejeciendo, completando en dos horas todo el tiempo que le hubiese faltado para una muerte normal.

La condena a muerte es mejor a través de los grandes aparatos de Estado. Como acto final de una burocracia justiciera. Entre pocos y sin Estado, parece siempre un asesinato. Todos estaban cohibidos, especialmente las mujeres revolucionarias. Se susurró que Fidel se inclinaba por un indulto.

La justicia seria, de Estado, no da la cara. ¿Quién dice "mátalo tú"?

Ya tenía los pelos blancos. Creo que empezaba a arrugarse como *Ayesha*. La situación era incómoda para la gente y para él, de modo que acabé el problema dándole en la sien derecha un tiro de pistola 32, con orificio de salida en el temporal derecho. Boqueó un rato. Al proceder a requisarle las pertenencias no podía sacarle el reloj amarrado con una cadena al cinturón; entonces él me dijo con una última voz sin temblar, muy lejos del miedo y cerca de la muerte: "Arráncalo, chico, total...".

Dormimos muy mal, mojados por la tormenta. Y me vino el asma. Asma fuerte con angustia del amanecer. La Dama del Alba, llena de muerte.

Escribo ahora lo que escribí antes, poéticamente, desde la razón revolucionaria. Pero no era verdad. Era verdad moralizada, para publicaciones del Estado, para uso escolar.

Póngase las gafas, don Vázquez-Mena. Lea esto y sepa cómo es la guerra.

Fui el primer verdugo. Quise serlo. Estaba harto de ese "ve tú", de los ejércitos, del Estado, de la Justicia. Me dije: que no lo haga ese guajiro ignorante que todos creímos el indicado... (supongamos que se llama Patojo o Anacleto Terán o Indalecio Pérez...)

Pacto de sangre, con el Diablo. Pacto de Guerrero.

Yo, siempre vecino de la Muerte, me metía para siempre en su territorio. Calavera no llora.

Allí, en ese espacio claro, iluminado de

tragedia, ya no llueve. Queda inmovilizado en el tiempo.

Sentí que los veinte y los guajiros me miraban como a algo distinto. Duró un instante. Ni que me hubieran hecho coronel. El 21 de julio recibí el rango de comandante.

Nunca pensé mucho en Eutimio Guerra. En cambio, sí, siempre recuerdo a Julio Zenón, que murió por delación de aquél, cuando yo, con mucha paciencia y a sus cuarenta y cinco años, había ya logrado enseñarle las cinco vocales del alfabeto. Eutimio denunció a Zenón y lo fusilaron. Y yo fusilé a Eutimio.

Yo, que sólo había matado un gato a pedradas en mi barra de amigos de Alta Gracia...

HABLA VLÁSEK. PRAGA, 1992. Detrás de la monotonía de su español con alguna tonalidad cubana, se encuentran ligerísimas inflexiones que denotan todavía la presencia de cierta emoción humana. Era un personaje desplazado por la mudanza histórica a partir de 1989 y de la implosión o el infarto del poder soviético. Había sido humillado por su inclusión en la lista de agentes secretos y delatores. Recibía seguramente la repulsa de quienes hasta 1989 lo habían saludado con temor y obsecuencia.

Lo cierto es que era desagradable estar con él. Después de nuestro primer encuentro preparado telefónicamente por el chofer Zigmund, creo que yo no hubiese retornado ni insistido. Pero me pareció que él había descubierto en aquel Guevara disfrazado, que creía despistar a los agentes del KGB, algo que le había impresionado profundamente. En algún momento dijo Vlásek:

—Me di cuenta entonces de que ese hombre estaba sometido a tremendas presiones y a ciertas tentaciones extremadamente peligrosas.

Pedí que me aclarara esa frase tan ambigua. Se limitó a decirme:

—Lo seguí de cerca. Al principio con mero profesionalismo, después con el interés con que usted puede querer devorar las últimas páginas de un *thriller*. Llegó un momento en el que comprendí que ese hombre se movía solo frente a los más implacables poderes del mundo. Estaba ante un abismo, pero con la inconciencia de un loco... Era una increíble araña que tejía su red en silencio. Pero una red que iba desde la cúpula del Congreso de Washington hasta la torre Spasskaia del Kremlin, desde la Sierra Maestra hasta los altos del hotel Pekín. Ya le iré contando...

Me había resuelto a concretar el postergado encuentro con Vlásek. Sabía que vivía de la pensión de su mujer pues era víctima merecida de los agentes de la revolución neoliberal globalizadora en curso. Noviembre de 1992, en una de esas tardes infinitamente tristes que hacen que Kafka nos parezca un escritor ameno y hasta divertido. Con gran tedio conduje mi auto siguiendo la costa del Moldava hacia Smijov. Los árboles ya pelados por el otoño teñido de invierno. Los últimos grajos chillando en el aire gris, esperando tal vez la caravana migratoria anual, pues pasan el invierno deliciosamente, en el delta del Nilo.

En el interior de la Praga de los grandes palacios imperiales hay secretos valles escondidos. Refugios agrarios con mínimas vegas de agua y casas de tiempos bucólicos. Fui bajando, más allá de Smijov, por una senda que llevaba a través de un denso bosque oscurecido. Era el lado de Nova Ves, siguiendo el curso del *Prokopskié údoli*. Una profunda hondonada que al final trepa hacia las colinas del hospital de Motol, del campo de golf y del sombrío crematorio municipal de Praga que, se dice, tanto los nazis como los rusos se encargaron de ir modernizando.

Casas esparcidas, hundiéndose en la penumbra. Un caballo suelto. Una cabra atada a una larga cadena. Perros evidentes, gatos furtivos. Las casas suelen tener números para orientar al cartero (antes de 1989, a los policías). La de Vlásek era difícil de ubicar. Como llamador tenía una campana, afónica por el verdín. Ladró un perro, pero una sola y potente vez, disciplinadamente.

Vi acercarse un hombre extremadamente abrigado, como si todavía volviese del frío. De la puerta se pasaba directamente a una inhóspita cocina que no daba ganas de quitarse el abrigo. Una mujer ovalada se escabulló hacia el interior de la casa. Un gato barcino se fue acercando como quien no quiere la cosa, con esa desconfianza ancestral de su especie hacia todos los emprendimientos humanos.

Vlásek tenía una pava de aluminio, siempre preparada para el té, como en los hogares siberianos.

Era un hombre alto y flaco, con el pelo canoso y una mirada gris, policial, pero de policía desarmado. Daba la impresión de un gran pajarraco humano, tipo Samuel Becket.

Hablaba con economía de declarante. Ahora, con la llamada libertad, se ve que se permitía algún comentario sarcástico, alguna sonrisa amarga.

Vlásek estuvo en los servicios checos, ligados naturalmente al KGB. En 1966 le habían encargado el operativo de custodia de Guevara, el *dossier* Guevara. Dijo:

—Ese operativo se llamaba Chelaviek, que quiere decir "hombre" o "el hombre". Se nos encomendó confusamente el caso. No teníamos aclarado si había que protegerlo o seguir desconfiadamente sus pasos. Uno de esos asuntos que se inician con instrucciones confusas, o demasiado secretas... No sabíamos si iría de Praga hacia Siberia o hacia Cuba, para retomar su puesto de poder después de la aventura del Congo. Preventivamente, pese a no tener instrucciones precisas, como le dije, más bien tuvimos la impresión de que era un "prochino", un hombre que traería problemas. Por entonces, tampoco sabíamos su posición real en Cuba y ante Castro.

Mis colegas rumoreaban, pero no se definían. Éramos gente muy seria como para poder seguir el culebreo de esos latinos, capaces de hacerle perder la paciencia al mismísimo San José.

Vlásek hizo una pausa para el modesto rito del té, que bebimos en silencio ante la mirada del gato barcino. Sentí que aquel hombre no tenía redención posible. Le habían quitado el sentido de su vida. Los "tiempos serios y constructivos", como dijo, de sus años stalinistas, se habían degradado en el abismo de la libertad y del mercado abierto. Por gentileza, le pregunté prudentemente por su situación personal.

—*Kaputt. Morte civile.* ¡Nada!

Esa libertad con los jóvenes drogados, borrachos, cantando rock por las plazas de Praga, le resultaba simplemente obscena.

—La pornografía, sobre todo. Eso es lo peor...

Prefirió seguir hablando de Guevara.

—Al principio no sabíamos desde dónde llegaba Chelaviek.

"A la semana, por una infidencia de los colegas rusos, supimos que venía del Congo. Había intentado encender una guerra con un puñado de negros cubanos metidos entre negros congoleños.

""Uno, dos, tres, Vietnam", ¿se acuerda? Pero fueron derrotados. Mucha humedad y chaparrones tropicales como para que en esas selvas se pueda encender un fuego político... Pero lo más grave para nuestra tarea era no poder saber si se lo debía tratar de amigo o como sospechoso.

Usted, señor Posse, me dijo que estaba en Moscú en aquellos años. Siendo así recordará que era un tiempo difícil: los rusos y los chinos casi enfrentados militarmente en Siberia, a lo largo del río Ussuri. Difamándose en el frente mundial comunista. Los rusos, después de la crisis de los misiles en 1962, habían comprendido que una guerra nuclear era algo demasiado serio e irremediable como para dejarla en manos de gente que baila conga y danzón... El admirable Suslov, en el Politburó, escribió la condena de todos los guerrillerismos voluntaristas, trotzkistas. De modo que ese extraño individuo disfrazado de prudente comerciante estaría históricamente condenado... Por lo menos así lo veíamos. Pero le aseguro que aquel trabajo fue un verdadero infierno... Ese individuo, con sus escapadas, sus horas escribiendo por los cafés, sus encuentros inesperados con espías desautorizados, aquellas mujeres que llegaban de La Habana y no se sabía qué se proponían... En suma, un infierno. Un atentado a toda razón. Y aquellos negros, sus supuestos agentes o guardaespaldas que se acostaban con la mujer que él había recibido antes como agente de su red personal... ¡Todo era francamente intolerable, incomprensible! Se imaginará que al principio no pude tener ningún interés por Chelaviek. Sólo después, casi dos meses después, empecé a comprender la increíble trama que estaba tejiendo y la magnitud de su propósito.

Vlásek prosiguió después de servir el segundo té:

—Lo cierto es que en la primera versión que recibimos se nos dijo que había venido para curarse. Su estado era desastroso. Lo revisaron en el hospital militar de Hradeck Kralovy. Estaba muy flaco. Tenía un asma crónica agravada, hongos, parásitos intestinales, parásitos subcutáneos mal extirpados...

—¿Dónde vivía?

—Eso fue un secreto hasta 1989. Los cubanos tenían tres "casas de seguridad" a su disposición. Algo así como dependencias con extraterritorialidad. Los checos fingíamos darnos por no enterados. (Nosotros, por reciprocidad socialista, teníamos las nuestras en Cuba.) Usos del espionaje... La que habitó al principio estaba del lado de Slapy, en las afueras de Praga. Pero para sus encuentros a veces usaba otra, en Praga VII. Muchas veces se metía en hoteles. Generalmente en el Pariz. Engañaba a sus guardaespaldas, que habían recibido orden expresa de Castro de no separarse, como el caso del llamado Pombo. Por las escuchas de los micrófonos supimos que les decía que por razones especialísimas mantendría encuentros con los chinos en lugares que ellos no podían conocer... Era un individuo incontrolable y hacía lo que quería con aquellos dos o tres muchachos simples que lo adoraban y temían. Además, empezó a usar dos disfraces y los dos pasaportes correspondientes. Le resultaba insoportable estar encerrado con esa buena gente vacía. Se les escapaba. A veces sólo para estar leyendo en los cafés del Stare Miesto o escribiendo horas junto a una ventana del Slavia. Le gustaba el ajedrez, pero ellos no eran contendientes. Se desafiaba a solas, repitiendo jugadas de un manual de Capablanca.

Era ya hora de irme. Vlásek había sido extenso y detallista como para presentar el tema principal del encuentro, que Zigmund me había adelantado. Era el tema de los Cuadernos de Praga.

—Ese material lo encontramos y lo fotografiamos en nuestras requisas periódicas, cuando ellos salían a entrenarse en caminatas de hasta veinte kilómetros o cuando hacían ejercicios de tiro en un terreno especialmente habilitado en la zona de Podebrady. De las fotos del manuscrito luego se sacaban copias mecanografiadas. Este hombre escribía de todo. Usted sabe que hay fotos de él en Bolivia, tomando notas sentado en la horqueta de un árbol... No encontramos nada muy alarmante. Uno de los cuadernos era para notas políticas; el otro decía en la tapa: "Apuntes de filosofía".

Vlásek estaba algo nervioso. El gato lo siguió con su mirada impasible cuando se paró. El funcionario destituido después de cuarenta y cinco años de burocracia socialista no quería perder el ritmo de la Historia: por lo menos quería privatizar una parcela de lo que a él le había tocado: los Archivos. En esos meses de "fin de imperio", en el puente de Carlos los oficiales y soldados soviéticos vendían sus uniformes y condecoraciones. Sobre todo los relojes militares, se habían puesto de moda en Nueva York.

—Pueden ser interesantes para el historiador, en su país tal vez... Éstas son fotocopias de lo pasado a máquina. Esto nunca fue material *classé*. Usted puede llevarlas. Si interesan a alguien del cuerpo diplomático, puedo ponerlo en contacto con el propietario...

Agradecí a Vlásek la confianza y la deferencia. Esas fotocopias con los sellos redondos foliadores, me las entregaba como carnada de los cuadernos originales guardados en alguna parte, o robados después de 1989 de los Archivos de la Seguridad checa.

Me costaba pensar que Guevara hubiese partido de Praga sin llevarse sus Cuadernos. Lo cierto es que hasta entonces nunca se supo de aquellos textos que escribía en los largos días de espera, duda y depresión.

Vlásek me usaba para señalar la existencia de ese material disponible, sin tomar los riesgos del caso; sólo era una copia mecanografiada con apuro. Me acompañó hasta el auto. Y como si estuviera analizando mis preguntas, dijo:

—Él escribía en una agenda de esas que regalan las grandes empresas para Navidad. Tenía una letra insoportable, de médico. Nuestros mecanógrafos trabajaron mucho para lograr esas copias... Había también un cuaderno grande, como para borrador de dibujos. y un cuaderno escolar donde tomaba notas sobre economía...

GUEVARA: APUNTES FILOSÓFICOS (SLAVIA).
"Morir de vida. Vivir de muerte." Nunca olvidaré
este fragmento de Heráclito que hace tanto
descubrí en el libro de *Introducción a la filosofía*. A
los hombres que para bien o para mal tienen la
muerte encima, les resultará fácil zambullirse con
decisión en la vida o hasta en el heroísmo. Otros
quedarán paralizados ante la "sorpresa" de la
muerte. ¿Cuándo nos nace la muerte?

En mi caso, la Compañera apareció temprano.
La Dama del Alba. De algún modo la que me trajo
a la vida, mi madre, me trajo a la muerte. Mi
recuerdo de aquel día es muy vago, pero es el
primer recuerdo de algo decisivo, de algo que
el niño de dos años, que tiritaba en la playa del

río, sabía o intuía como decisivo. Era un día frío, ya mayo, y ella me había abrazado contra su pecho helado, pues venía de nadar. Me dijo que me enseñaría. Creo recordar su pecho fresco donde allá al fondo palpitaba la tibieza de su corazón. Ella emergía y después me llevaba hacia lo profundo, hacia la noche de las aguas del río al atardecer. Mi terror, seguramente, cedió poco a poco en la placidez, en el abandono, de dejarme morir sobre su tibieza. Inefable sensación de retornar a la muerte a través de la madre, realizando el camino inverso...

¡Formidable madre, Celia querida!: sabiamente me alimentabas de muerte, me amamantabas con mi propia muerte.

Ya en la playa, yo estaría lívido, porque ella me daba friegas en las mejillas y en las muñecas y empezó, tal vez por primera vez, ese sonido ronco, profundo, involuntario, como un rugido o un ronroneo de gato. El asma.

Asma para siempre. Como quien dice muerte de por vida...

Ahora tengo tiempo de anotar estas cosas que antes quizá sólo intuía. Ella me había instalado en medio de la muerte, tal vez para que yo pudiese ser diferente, para que yo pudiese tener el duro privilegio de "morir de vida y vivir de muerte". Era en mayo. Mayo de 1931. En San Isidro. (Nuestra muerte debería también tener cédula de identidad...)

Ahora el doctor Sadak, en el hospital de Hradeck Kralovy, pretende quitarle definitivamente el asma a Vázquez/Mena. El asma que le regaló su madre, trampolín de muerte-vida. En realidad tiene razón: ¿para qué quiere Vázquez/Mena un asma? ¿Qué haría con un asma? ¿Se pondría a escribir frenéticamente, como Proust, encerrado en una habitación con paneles de corcho para que ningún sonido del mundo exterior lo distrajese?

En cambio Guevara, Ernesto Guevara de la Serna, siente algo semejante a la sensación de peligro que podría haber sufrido Sansón entrando en una peluquería. ¿Qué podría hacer el guerrero si el doctor Sadak le extirpa su muerte propia?

Expliqué como pude la historia de mi asma. Recordé las infinitas noches de angustia con mis padres en la penumbra, pendientes de mi mínimo jadeo. Y yo, el niño que aprende a disimular la muerte y el terror y el terror de la muerte ante la angustia de sus padres. La madurez del que vive en la ceja del peligro. El niño agarrado del hilo de aire que se adelgaza, que ya se extingue. Y ese jadeo animal del cuerpo; ronquido profundo, agónico. Noches infinitas donde se aprende la vaga, la insana tentación de la muerte. El cuerpo reacciona insensatamente. Nadie puede frenar su animalidad. Es una bomba aspirante que lanza ruidos obscenos ya que no puede ingresar el aire exterior. Algo tan terrible como la agonía del pez recién atrapado sobre el muelle. El niño aprende que se enfrenta con la muerte. Por momentos es padre de sus angustiados padres. Finge, los calma, hace una señal con la mano para indicarles que llega el aire. Pero es mentira, sabe que está solo luchando con el Minotauro invisible.

(Y esas mañanas sin colegio donde uno se mete con avidez en los primeros libros fulgurantes de vida, como una revancha, y sueña con aventuras y exploraciones en continentes perdidos, y sólo hay lugar para héroes y tremendos desafíos.)

No puedo comunicar al doctor Sadak y a sus adjuntos las fechas y las alternativas del origen de la enfermedad: San Isidro, en un frío día de mayo de 1931, luego Buenos Aires, y la ciudad de Córdoba y finalmente Alta Gracia. Para él sería cartilla clínica lo que para mí es geografía de paraíso perdido. (¿Cómo intercalar en la ficha escrita en checo la tibieza del pecho de mi madre abriéndose camino a través del frío y las gotas heladas de la nadadora, mi cómplice?)

Nadie puede saber más del asma que yo. El asma de los médicos me parece una teoría pueril. Merodean perdidos como una bandada de chingolos en la niebla. ¿Cómo decirles que la mía era un asma sin Dios? ¿Que mi asma no había ido hacia la contemplación o la mística como el asma de los poetas o de los religiosos? En mí se había endurecido el asma del guerrero, que acecha y salta por encima de la debilidad de su enemigo, el cuerpo. ¿Cómo explicarles a los médicos que puede haber un asma que, en vez de buscar el tiempo perdido, osa crear el nuevo tiempo del mundo?

Los doctores confían en un triunfo de su ciencia. Obviamente Vázquez/Mena se alegra, debe lanzar miradas con brillo irónico detrás del cristal de sus grandes gafas. No hay peligro mayor para una vida debidamente normal que la contemplación o una inmoderada inclinación a la aventura. Quien creó mi enfermedad creó mi vida...

Morir de asma. Vivir de asma.

Strategos. El estratega es el general. El que "ve con amplitud todo el campo". El estratega está en lo alto de la colina y debe decidir el mejor lugar para iniciar y desarrollar la acción. Es necesario saber dónde está el *Herzland*, el corazón del campo. Quien conquista ese centro vital vencerá todas las batallas. ¡Triunfará!

El estratega no puede equivocarse. ¿Dónde está el *Herzland* de nuestra América? ¿Dónde hay que encender la hoguera artesanal que se transformará en incendio revolucionario continental?

El estratega se inclina a pensar en la América profunda. Perú. Bolivia. Pero con proyección hacia los dos grandes poderes determinantes: Brasil y Argentina.

Strategos mueve ya sus piezas.

Me cuenta Ulises Estrada en La Habana, 1997: —"Yo pido de ti un juramento", me dice Guevara a solas, tomándome del brazo. "No se trata de un simple juramento. No tienes ninguna obligación, ni debes creer que se trata de lealtad con tu jefe de tantos años. Empezamos algo nuevo, algo así como la batalla final. Si tú te quieres quedar, o mejor, si quieres empezar, me dices que sí o que no. Si es sí, debes saber, como la otra vez, que lo más probable es la muerte"...

"Estábamos los dos solos en los jardines de la casa de seguridad. Lloviznaba, pero como tenía que decirme algo importante, teníamos que aguantarnos las gotas y el frío. Siempre pensaba que los checos renovaban los micrófonos en el interior de la casa, los suponía más astutos de lo que eran.

"—Yo ya se lo he dicho la otra vez, Comandante, estoy con usted...

"—Quiero que me entiendas bien: estar conmigo no quiere decir estar ni contra Fidel ni contra los rusos, los checos o los chinos. Significa estar por la revolución tal como yo la entiendo: como pura acción militar. Tienes que ponerte bien esto en la cabeza... Se trata de un impulso especial, pero en la misma dirección histórica.

"Me hablaba con todas las cartas abiertas. Y yo sabía que me entendía, y que yo lo entendía aunque yo no pudiese usar las palabras de su cultura.

"—Nosotros formamos un núcleo aparte. Precisamente para no comprometer a Cuba, ni contra los chinos ni a favor de los soviéticos. Tenemos claves y misiones especiales. Yo sólo te diré cuando Piñeiro u otros deban saber las cosas o no. Tú partes para Bolivia y empiezas así los contactos. Hace dos años que está allí Tania, bajo el nombre de Laura Gutiérrez. Ha ascendido todos los escalones. Hasta creo que anda con el general Ovando. Hay que ubicarla. Después tendrás que hacer el sondeo con los cuadros que están dispuestos a seguirnos. Manejaremos todo desde aquí. Lo de Bolivia debería respondernos bien. Allá encontrarás a muchos refugiados de los fracasos de la guerrilla del Perú. Ellos serán muy importantes para concretar la estrategia final.

"Yo comprendía el paso que estaba dando. Entraba definitivamente en su máximo intento político y revolucionario. Se proponía nada menos que desafiar a los burgueses de siempre y a los nuevos, los de los gobiernos comunistas. Él, personalmente se transformaba en la mecha, en el detonador de la Historia.

"Le dije que sí. Que partiría en cuanto él lo dijera para Bolivia, para "activar" a Tania y vincularme con quien dijera. (En realidad después escogió a otro compañero, el extraordinario "Papi" Martínez Tamayo.)

"Le dije que sí, que lo juraba...

"—Pues esto no lo deben saber ni los compañeros que están aquí. Todo será personal y privado entre tú y yo. Sin comentario alguno con ellos, ni con tu mejor amigo, ni con tu madre. Tú sigues normalmente produciendo para Piñeiro y para los Servicios de Cuba lo que te pidieren...

"Nunca sabíamos si fingía dudar, como para complacer a los interlocutores; o si tenía todo pensado, en forma acabada. Por ejemplo, lo de Tania: la había mandado dos años antes a La Paz, infiltrándola en la sociedad paceña con extraordinario éxito. Ella era muy inestable, no sabía si había sido olvidada... Ahora él la activaría como a una bomba de tiempo, mediante Martínez Tamayo. Si se quiere, era bastante irritante: nos pedía morir, nos pedía el máximo secreto, incluso ante nuestro Gobierno, y luego nos dejaba con una visión parcial o equívoca acerca de lo que decidía. Inventó un sistema de controles mutuos, pero nadie sabía quién controlaba a quién. A su amigo Masetti, su gran apuesta para la guerrilla en la Argentina, lo controló con los servicios cubanos por mi intermedio. Y allí, en Praga, estaba yo, encargado de cuidarlo a él mismo por orden de Fidel; comía y dormía en la misma casa sin saber cuál era el exacto papel que estaba cumpliendo ni quién me vigilaba a mí.

"Al activar a Tania, que podía serle tan útil como peligrosa, destacó dos personas para controlarla. Una de ellas, el agente "Mercy", que la "reeducó", como se dice en el lenguaje de espías, en San Pablo. Le hizo aprender nuevas claves para comunicarse (exclusivamente con Guevara) y examinó su estado psíquico, su estabilidad o inestabilidad emocional. "Mercy", un agente muy serio, aprobó a Tania y ella volvió a La Paz, ya plenamente lanzada al trabajo de reclutamiento y de compra de material.

"¿Usted cree que la cosa termina allí? Descongeló a un viejo agente, muy capaz, que por problemas psíquicos personales no quiso seguir en esas peligrosas tareas. Tenía el nombre de guerra de "Francisco". Le pidió una última misión en La Paz, seguramente para corroborar las informaciones de los otros y, además, para controlar a quienes se creían en la última instancia de los controladores... ¿Quién custodia al custodio?

"Sólo y paciente como esos tejedores iraníes o afganos que pasan toda una vida tejiendo una sola alfombra; así él creaba su red usando los hilos de los servicios secretos existentes. Aprovechando de cada uno lo positivo que pudiera darle.

"Al mandar a Martínez Tamayo a La Paz, y al activar a Tania, empezaba una partida de ajedrez político inédita. Corría con increíble determinación hacia el conflicto revolucionario mundial, o hacia su propia catástrofe. Sin concederse alternativa ninguna. Piense que tenía que ir una vez por semana al hospital de Hradeck Kralovy para componerse de las pústulas y heridas del fracaso congoleño...

"Nosotros creíamos formar una célula de camaradas comprometidos con él en otra de sus grandes patriadas, como él decía en argentino. Sin embargo, cada uno de los miembros de la célula era vigilado o convocado por él a tareas privadísimas que los otros no podían saber.

"Fue el caso de Tania. Hasta que no la supimos en Bolivia, peleando y aguantando más que muchos hombres, tirando con ese fusil que le dio el mismo Guevara en una especie de ceremonia oficial (pese a que dicen que, cuando la vio llegar con Debray al campamento de Bolivia, la puso de vuelta y media, a los gritos, hasta hacerla llorar en público)... digo, hasta que no vimos a Tania tirando hasta morir en el Vado del Yeso, no teníamos en claro si él confiaba en ella o no. Si para él era realmente de los nuestros o era insegura.

Él mantenía diálogos personales con cada uno. Sólo él tenía los hilos finales de la red que tejía. Era el hombre más solo del mundo, empeñado en llegar hasta el fin, hasta poder cambiar el mundo para siempre. ¿Sabe? Nadie de los que lo conocieron puede dudar de que eso de "Victoria o Muerte" era absolutísima verdad en su boca...

CUADERNO DE PRAGA. ÚLTIMO EMBATE DE MALARIA CEREBRAL, COMO LA DEFINIÓ EL DOCTOR SADAK. Primero un estado febril que fue envolviendo el sueño. Luego un rápido descenso de los fantasmas que entran por las ventanas o quizás a través de las paredes estucadas del hotel Pariz. Es muy tarde en la noche y hay un silencio de Praga soviética, un silencio sepulcral. Me refugié en el Pariz para librarme de mis guardaespaldas/lugartenientes que ni leen a Nietzsche ni pueden mover aceptablemente una torre o un caballo.

Un negro con ojos blancos enormes como los de Armstrong, dos bolas de billar en la noche, me apunta con su Kalashnikov. Puede ser Pombo o el mismo Ribalta o Dreke. Enseguida se desdoblaron. Uno me apunta desde la entrada del baño. Me oigo gritar. Es como si Vázquez Rojas, con sus gruesas gafas apacibles, observase desde el fondo de un sillón la posible ejecución de Ernesto Guevara de la Serna.

—¡Vamos, coño, cabrones, tiren de una vez!

Estaría muy sudado, porque las sábanas se enroscaban como lianas, absolutamente empapadas en sudor (¿o sangre?).

(Un resto de "malaria cerebral" había sido también el dictamen en Tanzania.) ¿Qué es eso de malaria cerebral? ¿Brujería? ¿Restos de ese brebaje, el *Dawa,* que prepararon los brujos de Laurent Kabila?

Uno se apostó detrás del piano con una Thompson. Tienen uniforme de fajina y ensucian la alfombra con la tierra ocre y pegajosa de la costa del lago Tanganika. Esto me preocupa.

—¿Quién los mandó a matarme? ¡Vamos, tiren de una vez, cobardes!

Creo que entraban otros.

Expongo el pecho y grito para que disparen. Soy inmortal, tengo una infinita y desafiante confianza. He tomado el *Dawa.* Es sabido que el brujo *muganga* de los ruandeses me lo deslizó en mi termo de té. Ese té que era lo único que aliviaba mi diarrea de a veinticuatro defecaciones por día. Ya no me niego a la magia.

No se animan a tirar. El *Dawa* del brujo me preserva. Soy inmortal. Soy ya inmortal. Sobre la calle húmeda en el frío de la noche de diciembre, brillan las luces azules del Pariz.

La hija del jefe, la traviesa Balú, se escabulló entre los manglares, feliz de la ocurrencia de haber echado el líquido del *Dawa* en mi té, cuando yo dormía debajo del tinglado de palma.

—¡Inmortal guerrero blanco! —habrá gritado en swahili, escabulléndose en la selva, su mar.

Creo que reuní fuerzas para saltar de la cama y enfrentarlos. En la penumbra había algún muerto. Me parece que vi el perfil porteño y angustiado de Masetti o la cara inocente del Patojo. Me tomé de la carpeta del piano, bordada con toda la cursilería centroeuropea, y se produjo un enorme estrépito pues cayó el ominoso jarrón chino.

En este piso sólo mi *suite* está ocupada. Sé que detrás de la puerta, en el alfombrado pasillo, están los otros apuntando con sus fusiles FAL.

Los muertos no se animan a la acción. Se aparecen, sí, pero su poder es el poder de sugerencia. Su inmovilidad, sus miradas. Los muertos son taoístas.

—¡Tiren carajo! ¡Tiren de una vez por todas!

Pero logro alcanzar el baño. Dejo correr el agua, que empieza a llegar helada. Soy como un tigre envenenado alcanzando el borde del Zambeze. El agua es la materia primordial. Dejo que corra por mi cabeza ardiente y ni aun así alcanzo la lucidez para salir del entresueño. Creo que las manitas de Balú llegan con el agua y me alivian con su frescura.

El agua corre infinita, como desde un deshielo de alta montaña.

—¡Tatú, guerrero blanco, inmortal!

Creo que hago un esfuerzo supremo. No tengo ninguna fuerza en las piernas. Desosadas, se doblan. Logro ir acercándome a la cama, como a un lanchón varado en la costa. Lawton me mira, ametralladora en mano, en su momento de justa arrogancia.

Chunga Lawton, el "Almirante del Lago". Un negro fuerte de cuentas claras se me insubordina en esas costas donde yo estoy derrotado, negándome a embarcarme, patéticamente harapiento, con mi pipa, el perro Simba y los dos monitos que se despiojan mirando las lanchas donde los congoleños cargados de hijos y con algún cerdo robado pretenden trepar de cualquier manera.

—Cruzaré la selva hasta llegar a las fuerzas de Mulele. Seguiré peleando —digo. Lo que no digo es que me siento derrotado y que no quiero salir de allí, del espacio sagrado de mi derrota.

—Yo tengo orden de Fidel de sacarlo a usted de aquí. Los enemigos lo quieren a usted y no a los congoleños estos. ¡Nadie tira plomo en gallinazos! A usted lo buscan, Comandante. Y yo tengo orden: o viene o yo lo amarro y lo meto en el barco...

Busqué la pistola entre los harapos. Era inútil. Lawton se habría avalanzado para salvarme. Tenía la orden. Ángel de la Guarda. Creen en el valor dudoso de sobrevivirse.

Me aferro al borde de la cama-lanchón, y empiezo a trepar como puedo, arrastrando el pecho y las piernas inválidas, a pura fuerza de brazo. Hotel Pariz. Lawton, negro valiente e insolente, timonea hacia la vida.

Quiero meterme de una vez en Vázquez Rojas. Quiero volver al alivio de su serenidad de hortera y mirar la noche detrás de sus gafas gruesas, hasta poder dormirme en su dulce vida insignificante, sin *Dawa* ni heroísmo. ¿Cómo habrá jugado el Real Madrid?

Me despierto entrada la mañana. Sin ningún peso en la cabeza. Realmente en la paz casi de turista de Vázquez Rojas. Junto al piano estaba el jarrón roto y los cristales derramados que al caer me parecieron producir un estrépito de ametralladoras.

Era un discreto daño. Y no pareciera que el portero de noche, en su sopor de la madrugada, hubiese oído el escándalo de mis fantasmas.

No se habían animado a disparar.

Escribo en el Slavia, sobre el Ultava-Moldava. Este café se destaca por un enorme óleo realizado con el sentimentalismo del fin de siglo. El enorme cuadro ocupa el muro opuesto a la entrada y emerge entre la densa humareda de las pipas y los *papiroshkas* soviéticos. Representa un caballero de frac. Hay un piano y una estilizada silueta de mujer, una aparición, se ve, que tortura al caballero. El fantasma no pierde su provocadora corporeidad. Pero es inaccesible para la sensualidad del caballero sentimental y abrumado en su febrilidad alcohólica. Ella está "del otro lado" y él bebe y la ama sin consuelo.

En el estrado de siempre, la orquesta toca por enésima vez *Noches de Moscú*.

NOTA DE CAFÉ: Hoy al afeitarme comprendí que el burgués más bien franquista que es Vázquez Rojas/Mena no tiene problema en tratarme de igual a igual, a Guevara, el famoso. Tiene ese desparpajo seguro de quienes están definitivamente convencidos de que lo único que cuenta es el dinero y saber pasarlo bien: salud, pesetas y amor.

Vázquez Rojas, el mercader de maderas preciadas, no puede entender que pueda hablarse seriamente de la "categoría existencial del revolucionario". Sin bajezas, casi con naturalidad, le recuerda al revolucionario su infancia burguesa. ¿Quién dijo, y con qué autoridad, que el objetivo perpetuo de la condición humana debe ser transformar el mundo?

Vázquez/Mena no quiere filosofar. Sabe que la filosofía mata el impulso y seguramente tiene algún amigo de Burgos que estudió filosofía, el pobre. Pero en todo caso Vázquez/Mena es discretamente evolucionista.

Ante el espejo, en el obligado encuentro matinal durante la afeitada, vagamente malhumorado, Guevara se encuentra un poco en el aire para refutar su rotunda seguridad. Vázquez/Mena está profundamente seguro de algunas cosas esenciales, entre ellas, que hay que preferir en todo caso la vida a la muerte y la comodidad al heroísmo. (Uno sólo puede permitirse el lujo del heroísmo —o del sacrificio— en situaciones desesperadas, en el límite de lo insoportable. Mientras tanto...)

Lo cierto es que Guevara se queda sin palabras para responder a su razón chata y pragmática. Para colmo está destituido de sus gestos de jefe y con el pelo corto es insignificante, como debe de haberse sentido Sansón. Por momentos siente la incómoda sensación de estar al servicio de ese mercader prepotente: cada dos días tiene que atenderle el pelo y aplicar la tintura especial para la falsa intensidad de las cejas. Por último tiene que ponerse la prótesis en las muelas, para variar el ángulo de su mandíbulas, y luego calzarse con zapatos ahuecados, para perder un poco de estatura... Guevara siente en estas largas sesiones de cosmética matinal que el mundo se puso del revés y el Quijote tiene que servir a Sancho; pero intuye que hay una secreta lección, útil para controlar los asomos del orgullo. Corresponde al "lavado de pies" papal, al despojamiento de los *brahamines* cuando se inclinan con cierta sonrisa irónica ante algún poderoso *vaishya* o mercader que pueda creerse superior.

Guevara sabe que, mientras esté en Praga, tendrá que aceptar este ritual o juego. Tendrá que andar revestido de burgués, lejos de su pelo castaño y de su boina con la estrella revolucionaria, imagen que lo transformó en un *logo* de la revolución mundial voluntarista. Es novedosa la sensación: se extraña a sí mismo, tiene nostalgia de su ser.

Cuando ya Guevara le retoca las cejas a Vázquez/Mena, éste se mira complacido en el espejo y canturrea *Granada*. Ante el espejo, calzadas sus gruesas gafas, asume la serena y escéptica pachorra del burgués en tiempos de buenos negocios. ¿Cambiar el mundo? ¿Vale la pena, realmente? ¿Está usted seguro de que los cambios no son un mero paso de lo conocido hacia lo peor?

Guevara no puede hacer nada con este tipo de gente con lógica de sota. Piensa que le viene bien estar cara a cara, como hermanos siameses, con ese tipo de hombre que, desde hace tantos años y desde su aristocratísimo revolucionario, mantiene a la distancia. Los mediocres que mueven la realidad del mundo con su eficacia cotidiana, con su sorprendente falta de poesía.

Así, ridículamente, estoy obligado a meterme en Vázquez/Mena y enfilar hacia la caminata matinal que terminará seguramente en el *Slavia*, ante mi agenda de notas.

La lógica de lo chato, de lo evidente, de lo útil, me deja sin argumentos ni palabras. La vulgaridad y la mera fuerza subsistencial de mercaderes como Vázquez/Mena tiene algo de fascinante, de hipnótico. Los dos toman demasiada confianza. El disfraz que corresponde en Praga es el de

Vázquez Rojas. Un tipo un poco más joven que Adolfo Mena, que es calvo (con calvicie lustrosa) y tiene dos laterales canosos que habría que teñir cada semana. Pero ambos se muestran cada vez más insolentes en los encuentros de espejos y lavatorio. Para pasar la frontera me inventaron tres respetables rostros de pasaporte: tres burgueses. Me protegen. Me cubren, pero pretenden fagocitarse al revolucionario. Son sospechosamente gentiles, comprensivos... La sonrisa de Satán.

Hoy Vázquez Rojas se decidió a acercarse a la mesa de estudiantes y profesores que salen de la universidad y vienen al Slavia una vez por semana. Juntan varias mesas.

Vázquez Rojas, con su acento vagamente español, les preguntó dónde estaba la casa de Kafka. Cuatro o cinco, que hablaban castellano, le explicaron sobre el mapa.

Vázquez Rojas les dijo que estaba en Praga, con viajes al interior de Bohemia y Eslovaquia, por un negocio de maderas para mobiliario.

—¿Conocen España o Sudamérica?

—No. Nosotros no podemos viajar... —dijo la chica llamada Rosevinge, con una sonrisa irónica que desencadenó comentarios y seguramente sarcasmos en checo de sus amigos.

—No. Aquí no se viaja —confirmó el de barbita, que se había presentado con el nombre de Stepánek, el único que Vázquez Rojas retuvo.

—Cuanto más, vamos a Cuba. Con Cuba hay

intercambio económico. Muchos traductores van, muchos técnicos...

—¿Qué les parece Cuba? —preguntó Vázquez Rojas, que en pocos minutos había sido clasificado por los jóvenes como un plácido y feliz occidental.

—¡Cuba es tan bonita! —dijo Rosevinge—. Estuve sólo dos meses.

—Yo, un año y medio. ¡Estupendo! Sol, mar, mulatas. Helados en Copelia.

—¿Y la Revolución Cubana?

—Una mierda, como aquí.

—Mi-er-da —dijo un gordo rechoncho—. Pero mierda de verano, en camiseta. Mucho culo...

Todos se rieron sin agresividad. Vázquez Rojas trató de ser ecuánime:

—No tengo nada que ver con el comunismo, pero han realizado logros notables. Si uno ve lo que es Panamá, o las afueras de Caracas...

Lo miraban con ojos irónicos, impacientes algunos.

—Todo lo pagan los rusos y nosotros, por orden de los rusos... Ellos no sirven nada más que para mover el culo. No llegarán a ninguna parte, ni con el comunismo ni con el capitalismo. Eso sí, son muy simpáticos. Todo lo que tienen lo hacen nuestros técnicos.

—¡Casi vamos a la guerra por ellos!

Vázquez Rojas —y el que estaba dentro de él— se quedaron muy desorientados con la cruda espontaneidad de los jóvenes profesores de lenguas.

—Me gustaría volver a verlos.

—Será un placer —dijo Rosevinge—. Usted pronuncia muy bien: ni muy español ni muy latinoamericano... Venimos todos los lunes a esta hora. A veces, si hay parciales, también el miércoles. ¿Leyó a Kafka? —y le mostró una manoseada traducción de Losada.

—Sí, algo leí, pero no lo entendí nunca plenamente.

—Aquí está prohibido. Nosotros lo leemos en traducciones como ésta... Es una ventaja que tenemos los estudiantes de idiomas.

—Cuando nos veamos otra vez, usted va a tener que contarnos cómo es el mundo.

—¿Por qué?

—Porque esto no es mundo. Esto no es nada. —Todos se sonreían—. La vida está en otra parte. ¿Cómo es la vida, señor Vázquez? —preguntó el llamado Vit, y todos se rieron a carcajadas. Vázquez Rojas trató de agregarse al tren de la risa, sin mucho éxito.

BUENOS AIRES. 1993. HABLA ECHAGÜE.

—Te has metido en el laberinto de Guevara. Todo parte de su infancia, de aquella Argentina. Allí, sólo allí, están las claves de su insolencia y de su desesperación.

"Por un lado, la familia medio californiana de los Lynch. Esas familias que se afincan sin entusiasmo preguntándose si deberían abandonar o no su idioma materno, el inglés. Por el otro, los de la Serna, gente fuerte, viejos propietarios de campos y de prestigio en la política. Merece una referencia un antepasado de ellos: el virrey del Perú, que como general combatió contra San Martín. Era un excéntrico... Cuando se fue vencido del Perú por los libertadores, hizo algo parecido a otro guerrero neurótico, Lawrence de Arabia, después de sus batallas en el desierto: se enroló como soldado raso... San Martín y de la Serna, el virrey español, se encontraron en plena guerra, a solas, y estuvieron a punto de ahorrarle a la pobre América latina cien años perdidos en la independencia formal. Por poco firmaron un acuerdo formando una unión iberoamericana...

"Los Guevara vivían en una vieja casa porteña, en la calle Aráoz, a dos cuadras de la casa de los de la Serna (Pancho y Pipo). Los domingos hacían unos almuerzos descomunales. Ese Pipo era un porteño increíble. Solía decir: "Los hombres deben llevar revólver, no para matar sino para morir tirando.

"Celia, la madre de Ernesto, era la excéntrica. No quería ser burguesa. Quería contradecir ese bienestar asombroso, esa paz gástrica de la burguesía argentina. Se casó con Guevara Lynch, débil y simpático. Un artista de los malos negocios pero bondadoso, mujeriego... Él fue el marido de Celia hasta que creció Ernesto, su hijo...

"Siempre andaban mal de plata, pero nunca dejaron de sentirse socialmente poderosos. Vivían y se sostenían en el sentimiento de su superioridad, digamos de orígenes, aristocrática o aristocratizante o simplemente esnob, como se quiera... Ernesto, que andaba siempre sucio y mal vestido, abusó al extremo de la insolencia, esta conducta de *status* social irreversible.

"Teníamos la misma edad, crecimos juntos.
Para Navidad y Año Nuevo, íbamos a la estanzue-
la de ellos en Portela, que se llamaba Santa Ana en
honor a su abuela inglesa. O se reunía el grupo de
familias amigas en nuestro campo, en Pergamino;
o en lo de los Moyano o los Carranza o los Guido
Lavalle. Ahora, con el tiempo, recuerdo aquellas
dos semanas de cada año como una sola fiesta
continua.

"Algún insensato llamó "década infame" a
esos años maravillosos antes de la Guerra Mundial. Los argentinos inventamos sufrimientos. Es
un movimiento histérico para llamar la atención
desde la isla remota y feliz que tuvimos por un
error del Creador. La gente se harta de placeres:
veraneos, comidas, cosas, deportes. Es un país
detenido en la etapa oral-anal. Se aburren de
divertirse. Tienen, como inmigrantes, el recuerdo
de la malsana nostalgia de los grandes incendios y
de la intensidad de las remotas desdichas que los
hicieron emigrar a América, a la Argentina... Pero
no les pasa nada. Nunca les pasó nada. Ernesto es
el prototipo de los que sienten esto y buscan
curarse en la aventura.

"A mí siempre me pareció que entre Celia de
la Serna y el hijo había un extraño puente
de entendimiento. De algún modo le enseñó a su
hijo cómo debería ser para no parecerse al
marido... Un día, recuerdo que estábamos
embarcados en un yate de motor en el río Paraná
y ella insistió en echarse a nadar en medio de su

fuerte corriente. Lo hizo y todo estuvo al borde de la tragedia. No vale la pena abundar en detalles. Yo estaba apretado en la borda junto a Ernesto, que gritaba desesperado mientras su padre, Guevara Lynch, arrojaba un salvavidas. Pero en algún momento la mirada angustiada y brillante de lágrimas de Ernesto se cruzó con la de Celia mientras la izaban semiahogada. Era como una mirada entre compinches.

"En la noche de Navidad todos estábamos excitados por el estruendo de los petardos, el trazo de olor a pólvora de las cañitas voladoras, los fuegos artificiales. Siempre había un tío un poco técnico que organizaba esa presencia pagana del fuego y del estruendo. Es el tío que a medianoche extenderá el enorme globo de papel, alzado por una llama de alcohol, con cintas de colores. El globo se levantaba lentamente, apenas desviado por la brisa, apenas iluminado por la llama que ardía en su centro. Había años de éxito y años de inquietante fracaso, cuando el globo se incendiaba y caía entre los cardales de algún campo vecino.

"Desde la mañana, en la cocina, las señoras, con sus mucamas y cocineras, preparaban el banquete argentino...

"Fiambres adobados, lengua a la vinagreta, lechones impúdicamente abiertos, con una lechuga en la boca y en el trasero, asado con cuero, regimientos de tomates fofos. Marciales líneas de alcauciles. Sardinas arqueadas en los bordes de las fuentes de ensalada rusa, como las bailarinas acuáticas de aquella película, *Escuela de sirenas.*

"Ensaladas verdes. Fuentones de remolacha. Pickles y berenjenas al ajillo. Y cestos con avellanas, uvas, pasas, orejones, almendras y nueces. Turrones de maní rodeando la inmensa autoridad, la cúpula sampetrina del pan dulce, centro y símbolo de la pasión crística argentina.

—Echagüe, abrevia. No te dejes llevar por el poeta. Siempre tuviste nostalgia de los Salmos.

—Se recibía a los que llegaban desde Buenos Aires, Mar del Plata o Córdoba. Entonces todos corríamos detrás del enorme Packard o Buick o De Soto que pasaba la última tranquera con sus radiadores plateados con su colección de multicolores mariposas aplastadas, ¡y hasta algún infausto jilguero o pechito colorado!

"A la siesta, los mayores, especialmente los recién llegados, descansarían en esas habitaciones de techo alto y puerta hacia la galería. Para nosotros, los chicos, era la hora de la fuga. Gateadas y ratoneos salvajes, en los fondos, entre primas, niñeras y sirvientas protestonas. Preparar cigarros de chala e inducir a esas beldades de cinco o siete años a fumar. (Como si se esperase un remoto y futuro efecto afrodisíaco.)

"Al atardecer los adolescentes, del lado del frontón de paleta o con sus pantalones y blusas blancas sobre el rojo de la cancha. El incesante peloteo de los tenistas.

"Al anochecer aparecen, ya dispuestas para la cena, ellas con sus vaporosos vestidos de organza, y ellos con chaqueta blanca y corbata, junto al piano ubicado excepcionalmente en la galería. Aquellas canciones, ¿se acuerda? *Paris je t'aime, Amapola, Perfidia, Valentine.*

Echagüe se sirvió otro largo whisky.

—Pero Ernesto, Ernesto Guevara...

—Él estaba perfectamente en ese mundo. Lo puede imaginar en todas las instancias. Era su mundo. Tal vez lo pueda ver a los cuatro años, abrazado a la pierna maravillosa de alguna prima que intenta vigilarlo. El pequeño Teté.

"A las doce, cuando se oía a los coches arrancar para ir a la Misa de Gallo en la parroquia del pueblo, los Guevara no serían de la partida. Eran —especialmente Celia, la madre— los intelectuales, los críticos, los disidentes. Eran provocadoramente democráticos en un país donde la democracia se usa para esconder el autoritarismo ancestral, genético, inmanente, en una sociedad basada en el triunfo y el poder. No. No iban a misa. Eran los antifranquistas de la barra. No se los tomaba en serio. Se pensaba que Celia, que no se había casado con un hombre de plata, tenía que empatarles por el lado de la cultura y del moralismo político. Al volver les contaba quiénes habían estado en la iglesia y del ridículo atuendo de los burgueses locales que en esa noche se codeaban con los *granfinos.*

—¿Pero nada especial, alguna anécdota?

—No recuerda nada especial. Pienso que, ya

un poco más grande, Ernesto era quien ayudaba a algún poderoso tío de la Serna para sostener el globo de papel mientras se inflaba con aire caliente... ¡Pero sí! Había algo distintivo que destacaba definitivamente a Teté del resto. Ya todos estábamos acostumbrados a la tarde o el día en que Ernesto sufría alguno de sus ataques. Siempre había una prima o alguna sirvienta que se precipitaba hacia la casa para anunciar que el niño Teté jadeaba o respiraba mal. —"¡Jadea, tose!"

"Entonces su madre o sus tías corrían hacia donde estaba. Seguramente había atrapado el relente del atardecer o se había bañado un poco de más en el tanque australiano.

"La mirada de él ya se había separado de la nuestra y de nuestro griterío. Lo rodeábamos, lo observábamos y él ronroneaba con los ojos entrecerrados. Era el rito del Ataque. "Él se iba alejando. Se ensoledaba. Empezaba su guerra por mantener abierto el paso mínimo de aire vital. Se lo llevaba a la cama, se le hacían inhalaciones y allí veíamos al alto y desgarbado padre, Guevara Lynch, sentado al borde de la cama, tomándolo de la mano y pidiéndonos que volviésemos tranquilos a nuestros juegos, que a Ernesto enseguida se le pasaría.

"Generalmente aquello no iba a mayores. A la hora de cenar aparecía bien peinado y recibía el saludo de un héroe que regresa de su aventura.

"Cuando terminaba la larga noche del banquete. Cuando ya nadie reponía discos en la victrola. En esa claridad de la noche alta de verano, las tías y las primas susurrando en el parque, arrebujados en los grandes sillones de mimbre, enfrentados al misterio del estupendo cielo estrellado. Teté estaba cobijado por una de esas estupendas muchachas cuyos vestidos fosforescían como un apenas de claridad en la noche del parque. Teté dormía apapachado, con la cabeza entre los pechos y doblado sobre los muslos de la *jeune fille en fleur*. Ronroneando feliz, cobijado por ese calor incomparable de lo más terrenal, ante el espacio nocturno, ante toda acechanza.

Su patria fue para siempre su infancia. ¿Quién dijo eso? ¿Faulkner? ¿Quién escribió eso de "mi infancia, mi fuerza, mi Palacio"? Faulkner o yo en alguno de mis salmos tan laicos y privados. ¿Esos que no publicaré nunca?

SIGUE ECHAGÜE, tratando de definir una relación que no tiene en claro. Lo guían los recuerdos de infancia.

Recuerda aquel día en el yate anclado en el Paraná de las Palmas. Él y su amigo Ernesto tenían cinco años. En la toldilla había una amistosa tertulia de mujeres con capelinas y vestidos vaporosos. Los Martínez Castro, Echagüe, Campos, los de la Serna. Aquellas señoras de estancia, parto, peluquería y viaje a París, que invariablemente espantaba Celia con sus desplantes.

Celia, la madre de Ernesto, apareció con una de esas mallas enterizas de entonces, Masllorens (con el bordado de la arqueada nadadora que se zambulle). La cabeza cubierta con aquellos ri-

dículos cascos de goma para preservar el pelo. Pese a las advertencias, se arrojó desde el puente.
Como dije, nadó a contracorriente, pero no podía
mantenerse a la altura del barco anclado. Empezó
la inquietud general. Ernesto y yo estábamos con
la nariz aplastada contra la regala. Oyendo las
voces de preocupación. La corriente se la llevaba.
El padre Guevara Lynch forcejeó con el marinero
para levar el ancla con rapidez. Después corrió
con un cabo atado a un salvavidas de corcho. Las
señoras de capelina observaban entre irónicas y
alarmadas el infortunio de la provocadora ama-
zona.

A mi lado, lo recuerdo, Ernesto temblaba en
silencio.

Por fin ella logró tomar el extremo del cabo.
Estaba pálida, sin aliento, y fue izada a bordo a
punto de extenuación. La envolvieron en toallas,
pero antes de arrojarse en un sillón se nos acercó
y abrazó al trémulo Ernesto.

—¿Viste? No pasó nada.

Y él sonrió como saliendo de una pesadilla
hacia la clara mañana...

La otra vez, muy similar, ocurrió en el verano
de 1935, en Playa Grande, en aquella Mar del
Plata que ya no existe... Jorge de la Serna, que era
campeón de natación, resolvió echarse a nadar
pese a la prohibición de la bandera roja de peligro.
(Con una sonrisa y sintiéndose más allá de toda
policía y multa, en su seguridad machista.)

Como una respuesta de insensatez, pero esta

vez del partido femenino, Celia se puso su casco de goma y también se zambulló.

Y otra vez estábamos juntos Ernesto y yo, quizá ya intuyendo el escándalo del peligro desafiado. Rompían olas gigantescas. El mar las iba llevando hacia afuera y los bañeros no se arriesgaban a entrar. Discutían cerca de la rompiente. Se juntó mucha gente vituperando a los insensatos.

Y claro, esta vez tendí mi brazo sobre los hombros de Ernesto, como esperando el desenlace. Él miraba obsesivamente con sus ojos oscuros y muy brillantes, el puntito blanco del casco de goma de Celia que aparecía y desaparecía como el frágil corchito de una línea de pesca.

Aquel horror duró veinte minutos. Jorge de la Serna ayudó a Celia y encontraron los brazos fuertes de los bañeros para alcanzar la playa.

Ernesto jadeaba. Y otra vez, antes de tenderse extenuada, Celia alcanzó a Ernesto y lo estrechó.

Desde entonces sospeché que había un juego bárbaro y secreto entre ellos, que pasaba por la muerte. ¿Fue Rilke el que habló de la cultura de la protección y la del riesgo?

Desprotegerse, como la gaviota en el temporal.

¿Pedagogía de la muerte y del riesgo?

Una vez, lo recuerdo, ella le dijo: "La muerte es como un perro de campo: Teme al que la desafía y huye con la cola entre las patas. Sólo muerde cuando intuye que le temen. ¿Está claro?".

El ex camarada de la aventura del Congo me cuenta (La Habana 1995): Mire, yo creo que lo del Congo fue una verdadera revelación para ese Ernesto Guevara tan parado en sus razones heroicas. Aquí, en Cuba, sólo se abrieron los archivos sobre este tema hace muy poco.

Tal vez hasta ese momento final, cuando la retirada del lago Tanganika, Guevara creyó realmente que todos los hombres del mundo se mueven básicamente por las mismas cosas y motivos. Guevara llegó con su ideología de internacionalista convencido, de ecuménico, de "globalista" de la revolución y del esquema marxista-leninista.

Castro no podía sujetar al aventurerismo de

iluminado de Guevara, siempre con un pie en las facilidades del absoluto. Creo que después de fuertes discusiones terminaron en un pacto de caballeros entre la razón de Estado y el quijotismo revolucionarista. (Ya desde la Sierra Maestra, Guevara, el joven aristocrático converso, se montaba en la ética y la razón marxista apoyando todo extremo. "Si no vas al extremo de las cosas, enseguida te encuentras de nuevo en la nada", le oí decir alguna vez.)

Hubo una transacción: "Te apoyo mientras las salpicaduras no pongan en peligro a Cuba. Tú te vas con un contingente al Congo, en secreto, y más bien te ocupas de entrenar a tu gente sin dramatizar lo que allí pasa, porque no se trata de gente clara"...

Guevara en el Congo tuvo que desilusionarse de sus facilidades filosóficas. Recuerdo uno de sus primeros diálogos "estratégicos" con un comandante, "el general Lambert". Era un tipo altísimo y desgarbado como un fantasmón de *vudú* haitiano, pero con quepis a la francesa y estrellas de su dudosa jerarquía. Explicó la posición y movilidad de sus regimientos de infantería. Guevara lo escuchaba y le preguntó:

—¿Y cuál es la defensa antiaérea? ¿Tienen cañones livianos, cohetería?

—No. Pero el *Dawa* nos da un buen resultado ante el ataque aéreo de los belgas y gubernamentales. Apenas si tenemos bajas...

La frustración en la cara de Guevara fue evidente. Ellos creían en los magos-*mugangas* como un factor estratégico. Éstos le preparaban el brevaje inmunizador...

Cuando sentían que el *Dawa* era fuerte y puro salían a pecho descubierto de la jungla, gritando. Y a veces rebasaban al enemigo y triunfaban. O eran barridos por el tableteo de las Brownings de los belgas. Podrían estar en una posición de superioridad, pero si pensaban que el *Dawa* les había fallado por obra de espíritus malignos o deficiente preparación de los brujos, abandonaban la posición, las armas y sus heridos y se escondían temblando en la jungla.

Imagínese a Guevara, con su arrogancia intelectual de argentino. ¿Cómo iba a integrar el "factor mágico" en su estrategia?

Él nunca lo dijo claramente, ni siquiera en su desolado informe final, que dictó escondido en los altos de la embajada de Cuba en Dar-es-Salaam. Pero había chocado contra el muro de la magia. Era el fracaso de la razón occidental, el límite. Todo el pensamiento marxista adolece de la misma falta de proyección metafísica y hasta poética. Es el talón de Aquiles. Me gusta decírselo aquí mismo, en La Habana: ¿Qué tiene que ver el lenguaje gris mortecino del diario *Granma* con este pueblo de rumberas y santeros empedernidos?

En los campamentos del Congo vivió días de perplejidad y depresión. (Perplejidad de ingenuo, me atrevo a decirle...) Se pasaba horas solo, separado del desorden y del griterío de esa gente. Leía y fumaba su pipa. Se quedaba pensando con la mirada perdida en las nubes.

Discusiones, cantos tribales de los congoleños, chaparrones furiosos que lo obligaban a cobijarse bajo una lona.

Todo empezó mal. Ya el 20 de junio, cuando recibió la confirmación de la muerte de su madre en Buenos Aires... Era su cómplice, su gran compañera. Era su madre/padre y, para ella, él era su verdadero hombre, más que su marido. Esa noticia, recién iniciada la campaña militar, fue el chillido de mal agüero en la noche: signo de futura desgracia.

A veces, en lo más difícil de una campaña, hay una secreta alegría. La alegría de la guerra, de estar jugados en una aventura. Eso une a los hombres. Crea hasta un clima festivo. Es la poética de la guerra, del riesgo, del poder guerrero, macho. Pero en el Congo nunca se dio. Cuando él dicta su relato final, lo sitúa en un tono de elegía. Coleman Ferrer es el muchacho que toma las notas en el estrecho departamento del embajador Ribalta en Dar-es-Salaam. Es una crónica de tristezas. Guevara se acusa de haber estado alejado de esa heterogénea y exótica tropa que naufragó de derrota en derrota, de error en error.

Insisto: no supo encender el entusiasmo, los dioses, la alegría. En otro tiempo, en Sierra Maestra, por ejemplo, se hubieran reído de comer fetas fibrosas de hipopótamo o monos salteados a la sartén o esa ensalada de flores y mariposas que la hija del *muganga* le presentó al hambreado Guevara como un supremo y delicado manjar. Hay guerra como fiesta de muerte y vida, y hay esa guerra de roñosas trincheras tristes...

No. En ningún momento alcanzaron la poesía de la guerra. La magia y la oscuridad de la selva hizo naufragar ese marxismo-leninismo que a veces intentaba explicarle a la tropa de negros en francés y con puntero en mano.

La selva se traga espiritualmente a los hombres occidentales, con su feroz automatismo de vida-muerte-vida. La razón y el propósito de la condición humana se tornan ridículos, insignificantes, ante el ritmo vegetal de la jungla.

Agregue las picaduras de alimañas, los gusanos que horadan la piel, moscas venenosas que infectan el cuero cabelludo. Separado, en su tinglado, estaba fumando, siempre con un libro entreabierto sobre el pecho. Fíjese que ya en septiembre, apenas a un mes de la retirada, tiene tiempo de pedir por telegrama cifrado que le manden la *Ilíada* y la *Odisea*. Alguien tuvo que movilizarse por las librerías de España. Lo cierto es que los libros llegaron y yo estaba cuando abrió el paquete y acarició los dos volúmenes con fruición. Era de esos que encuentran la fuerzas de sus sueños en los libros, como el Quijote, al fin de cuentas...

Bueno. Después de lo que les cuento, llegó desnutrido a la costa donde prácticamente lo obligó Lawton a salvarse, con su perro Simba, su pipa y su canasta de junco llena de libros. Allí mismo, cuando nos despedimos emocionados, pues él iría hacia Dar-es-Salaam, ¡no se le ocurrió otra cosa que pedirnos un juramento de fidelidad para seguir peleando la guerra revolucionaria!

—Nosotros seguimos adelante. ¿Están listos para continuar?

—Adonde sea —le dijimos.

Sabíamos que su orgullo estaba herido. No quería volver a La Habana así. Volver "vencido a la casita de los viejos", como dice el tango que a veces cantaba. No era de él volver sin victoria.

Estuvo una semana escribiendo la crónica de la guerra del Congo. Fidel, el padre comprensivo, hizo que Aleida viajase a Dar-es-Salaam.

Ella era la madre que le quedaba. Lo bañaba, le curaba las heridas, le hablaba de los hijos, le cocinaba las provisiones que el buen Ribalta compraba en la tienda diplomática.

Castro sabe bien cuánto necesita a Aleida en ese momento crítico. Sabe que él va a estar horas, tendido en la bañadera con agua tibia, leyéndole poemas de Baudelaire, de Nerval, de Machado, de León Felipe. Ella le jabona las piernas y le masajea los huesudos pies. Los infatigables, sufridos, anónimos y laboriosos pies del guerrero.

Pero no quería volver a La Habana. Fidel había leído en público su renuncia a todos los cargos y a la nacionalidad...

Fue entonces cuando se decidió lo de Praga. Eddy Suñol viajó desde Cuba para prepararle la apariencia de Raúl Vázquez Rojas, la de Ramón Benítez, y aun otra máscara que usará para el viaje decisivo: la de Adolfo Mena.

Pero él ya sabía de la derrota y de la magia. Y sobre todo esto, la magia. Porque él sólo había navegado entre Camus y el marxismo-leninismo de célula, de emigrados peruanos, de profesoretes mal comidos y generalmente exiliados...

Observo y anoto en mi cuaderno de Praga:
A Rosevinge le encanta hablar con Vázquez
Rojas. Ayer salieron. Ella, contratada como guía.
Rosevinge siente que puede hablar cómodamente
con ese señor occidental, que nada tiene que ver
con el socialismo. Rosevinge le pregunta si tiene
hijos.

—Dos, uno estudiando en Madrid, la otra con
la madre, en Montevideo, donde tengo un negocio de maderas.

—¿Y qué tal? —pregunta Rosevinge.

—El de Madrid ya es mayor. Pero no anda
bien. Es de esos jóvenes que no creen en nada. Se
pasa el día de aquí para allá en su moto, con su
sombrero de explorador canadiense, con una cola

de zorro. Escucha música; tonterías... No es como los jóvenes de aquí.

—¿Cómo serían los jóvenes de aquí?

—Bueno. Me imagino que están alentados por los ideales socialistas, la construcción del socialismo...

—¿La construcción del socialismo? —Rosevinge se ríe. —¡Eso sí que está bueno...!

Se encontraron en el Slavia. Vázquez Rojas, que según la leyenda que me inventaron es medio panete, tiene un chambergo nada gardeliano, de ala derecha y calzado horizontalmente en la cabeza. Un traje gris con los tres botones abrochados y un gabán para nieve pesadísimo. Tiene chanclos de goma para hielo. Ella de vez en cuando le dice "cuidado" porque en la humedad de la tarde invernal, pese a las tremendas gafas, teme que resbale.

Cuando ella se adelanta en la subida de la Malostranska, no Vázquez Rojas, sino Guevara, la mira bien de atrás: aunque delgada, tiene buenas caderas sostenidas por piernas altas. Se puede adivinar pese al abrigo. Rosevinge tiene pelo corto, de muchacho, muy armoniosas facciones y una mirada un poco de salmón, como se decía de Greta Garbo.

—Lo llevo primero por las calles de Kafka —me dice.

—Yo nunca entendí bien eso de *El castillo*. Tampoco *El proceso*.

—¿Los leyó?

Vázquez Rojas/de la Serna se recuerda tirado

en una hamaca en el balcón de hierro forjado de la calle Aráoz. Le parece oír ese susurro como de papeles removidos por la brisa de los grandes plátanos de la calle Paraguay y más allá, Canning. Siesta de verano. Sus lecturas porteñas. Nostalgias del Buenos Aires profundo.

—Los libros dejan señales. A mí me dejaron algo inquietante que no pude comprender. Algo extremadamente negativo que no iba bien conmigo, con mi carácter.

—Es la descripción del sinsentido de la vida, no de su sentido, si tuviera alguno... Si usted, señor Vázquez, viviese aquí, comprendería perfectamente la dirección de los signos... Todo parece organizado, racional, pero la vida es un absurdo. ¿Se acuerda de *K.*? ¡Cómo hubiese querido subir como nosotros hacia el Castillo por la Nerúdova! ¡Parece tan fácil lo que a otro resultó imposible!

Apogeo de Praga: su belleza en el aire perlado y helado de la tarde. El frente del palacio Thun. El palacio Morzin. Camafeos olvidados en la bohardilla del imperio perdido.

Rosevinge informa a Vázquez Rojas detalles históricos, anécdotas de príncipes defenestrados. Ilusiones de héroes indisciplinados, como el terrible Wallenstein.

Cuando toman un café reparador, Rosevinge vincula claramente el sentido del absurdo de Kafka con los jóvenes checos de hoy.

—Si usted no me cree, puede ir esta noche

misma a algunos cafés donde los jóvenes escuchan jazz... Sólo quieren que esto termine, que cambie. Hay un grupo que llamamos "los del socialismo con rostro humano". Pero...

—Sin embargo, visto por un extranjero, como es mi caso, aquí todos tienen su empleo, hay expresiones culturales. Pero insisto, lo más importante es un paso para construir un nuevo mundo, un nuevo momento de la Historia. El capitalismo es una injusticia en agonía...

—¡Me parece, señor Vázquez Rojas, que si usted conociese el socialismo desde adentro no hablaría así! Esto es el aburrimiento, todo es gris y sin vida. Ésta es una sociedad hipócritamente cruel, créame. Tal vez usted, que tiene una vida acomodada, entre España y Uruguay, vea las cosas con romanticismo. Pero esto está agusanado por dentro, como esas vigas que parecen sólidas y se desmoronan de un día para el otro...

Cuando bajaron del castillo, Vázquez Rojas invitó a Rosevinge a comer algo.

—Acepto. Es usted muy gentil. Quiero que conozca La Rana Verde; es una vinería abierta desde los tiempos medievales.

Estaba a un paso de la Plaza Vieja. Un local abovedado con bancos de madera, jarros rústicos y otras incomodidades prestigiosas. Tomaron vino y canapés de jamón praguense. Rosevinge a veces

mira a Vázquez Rojas de reojo. Lo mira con simpatía. Desde adentro (mi única salida al exterior
son los ojos), puedo comprobar esta corriente de
curiosidad y afecto.

—¿Así que su hijo no hace nada?

—Bueno, algo hace, sigue algunos cursos.
Pero está idiotizado con la música, la moto, el
fútbol.

—¿Lee?

—No. Los jóvenes no leen, hay una gran decadencia. No les interesa nada. Es el ciclo de la
nada... Me maravilla que aquí se vendan libros en
todas partes, en todas las esquinas.

Rosevinge le explica a Vázquez Rojas que ese
recinto, ese local, era famoso porque era el único
que podía frecuentar el verdugo de Praga.

—El verdugo merecía un ancestral respeto.
Un prestigio como el de la lepra. Algunos eran
famosos, como Jan Mydlar, que trabajaba con
cuerda. Vivían bien: tenían el derecho de vender
el cadáver del ejecutado al anatomista. O vender
al pormenor los huesos, como amuletos... Pero se
los apartaba. Aunque matasen en nombre de la
Justicia, el pueblo presiente algo demoníaco, algo
asesino... Mydlar y sus sucesores comían un poco
separados, en ese hueco de piedra con una tabla...
Le pasaban la comida por ese ventanuco. Es
interesante: en todos los pueblos, en todos los
tiempos, se temió al que es capaz de decidirse a
matar en nombre de la Justicia.

Rosevinge fue un momento al baño y cuando

volvió, Vázquez Rojas había desaparecido. Lo encontró sentado en la cuevita del verdugo. Lo más derecho e inmóvil, con sus tres botones abrochados y el sombrero calzado hasta las cejas.

—¡Vamos! ¡No sea usted niño! —Rosevinge se reía. —Si alguien hace cosas raras en este país, llaman a la policía secreta. ¡Lo mandarán a Siberia!

—No se enoje. Aunque no lo crea, este lugar no me va tan mal.

HABLA POMBO: YO PENSÉ QUE TENDRÍA PRO-GRAMA CON ALGUNA MUJER. Nos había dicho a Ulises y a mí que se iría dos o tres días a un hotel para unos encuentros organizados desde Cuba, pero no le creí. Yo había recibido orden del Comandante de vigilarlo y protegerlo "aun contra su voluntad". Él mismo se preparó el maletín con un par de mudas de ropa y a la mañana temprano lo oí vestirse. Fingí dormir. Tenía especial cuidado en no despertarnos. Cuando oí el ruido de la puerta del jardín me vestí de un salto y me largué hacia la moto que nos prestaban los de la embajada para hacer las compras. Allá, en la parada de taxis, se lo veía subiéndose a un Skoda gris. El auto cruzó toda Praga. Me tuve que aguantar la llovizna y el frío intenso como pude. Lo seguí a través del río por la avenida Bubenska, y cuando pasamos la central de buses comprendí que iba hacia la estación central. Me adelanté sin perder de vista el taxi. Pagó y entró con su maletín. Aunque me pareció increíble lo vi subir al tren que iba hacia Alemania Democrática, cuya primera parada era Dresde.

Era tarde para todo. Nos había hecho una de sus jugadas. No éramos más que peones de su gran juego. ¿Qué podía tramar en Alemania Oriental?

Volví resignadamente bajo la lluvia, con ganas de comunicar el extraño incidente. Se mezclaban las lealtades: si se era "hombre del Che", había que acallarlo todo. Ni siquiera podía comentar el tema con Ulises. Aunque parezca absurdo era así. Nos había dicho: "En esta Praga hay más enemigos que en la sierra o en la selva. Ya estamos movilizados y les exijo la más estricta disciplina". Así nos tenía agarrados.

Dos días después reapareció sin decir nada, como si hubiese estado escribiendo y leyendo apaciblemente en una habitación del Pariz o del Europa.

VLÁSEK APROBÓ LOS MOTIVOS DE MI PREOCUPA-CIÓN. —Si usted pretende seguir los pasos de Guevara por Praga, tendrá que tener una poderosa moto para ir de una punta a otra por los recovecos de su compleja vida. Lo que le contó el guardaespaldas en La Habana es verdadero: ellos mismos quedaron superados por sus juegos. Guevara se dedicó a una diplomacia "transversal", personalísima, unido a todos aquellos en quienes intuía una pasión —o una nostalgia— por la acción revolucionaria. Esto iba desde Chu Enlai hasta Tania, desde Ben Bella y Nasser hasta Bustos y Debray. Se llevaba un chasco tras otro. Pero lo claro es que quería tejer "su" red. Ese guardaespaldas que lo sigue en moto por las calles lluviosas de Praga hasta la estación Central seguramente debe de haber corrido junto a nuestro Volga, porque también nosotros lo seguimos sin tampoco entender su propósito. Sabíamos que pasada la frontera de Alemania Oriental ya nada podríamos saber de él porque en la DDR todo estaba controlado por Wolf, el verdadero jefe, el maestro del espionaje del bloque soviético. (Si usted prefiere y es lector de John le Carré, lo llamaremos Karla...)

La pregunta que se impone es ésta: ¿Qué diablos tenía que hacer con Wolf? ¿Qué podía unirlos, qué podía complotar con esa fría y talentosa serpiente del espionaje mundial?

—¿Podría él creer que los alineados y tan alienados alemanes del Este se harían cómplices de sus correrías?

—Imposible saberlo. Yo no podría decirle si con Wolf/Karla no se veían venir la muerte del comunismo soviético cuando todavía nadie pensaba así... Pero nosotros creímos en una pista distinta, que tenía que ver con Tania. Quienes habían reclutado o iniciado a Tania (Haydée Tamara Bunke Bider) eran los servicios alemanes. Era una atractiva argentino-germana de 22 años que Guevara conoció en 1961 en un viaje oficial. Ella actuaba como traductora bilingüe. En esa época él todavía no debía de haberse transformado en un Savonarola acusador del erotismo a la cubana... Pero fue por influencia de él que la mandaron a Cuba. Tres años después, en 1964, cuando ella ya era una agente formada por Piñeiro, el jefe de los espías cubanos; Guevara la reclutó para desempeñar funciones en Bolivia y la Argentina. La consideraba con grandes posibilidades mundanas. Pero era irreflexiva y en parte incontrolable.

—¿En qué parte?

—En todo lo que hiciera a su múltiple vida sexual. Eso del erotismo, la perversión y el espionaje siempre estuvieron unidos, mucho antes que lo de Mata Hari... Pero yendo al centro del problema: Guevara en Praga sabía que tenía que poner en acción a una agente despareja. ¿Sabe por qué creemos que viajó a Alemania Oriental para encontrarse con Wolf?

—No puedo imaginarlo, naturalmente.

—Aquí entra mi amigo berlinés, Günter Mannel. Estaba, como yo, en la misma área de asuntos latinoamericanos, claro que él en Berlín, bajo órdenes de Wolf. En 1961, justo después de haber preparado a Tania para enviarla a Cuba como traductora, según el pedido de Guevara, a mi amigo Mannel se le ocurrió "pasarse al Oeste", enganchado por una deliciosa rubia de la CIA. Una traición alegre, un momento de lucidez...

De modo que Mannel pudo perfectamente "quemar" a Tania ante la CIA. No cabía otra decisión que expulsarla de Cuba y ni pensar en mandarla a cumplir la misión en Bolivia y en la Argentina. Eso sería lo que aconsejaría la experiencia de esta antigua y desprestigiada profesión.

Tratándose de otro agente, Guevara hubiese procedido como manda nuestro duro código en estos casos; pero prefirió el camino peligroso, como siempre. Por eso en nuestros Servicios habíamos pensado que el motivo exclusivo de su encuentro con Wolf era pedirle seguridades y eventualmente un riguroso control de la situación de la agente Tania, Tamara Bunke, que estaba actuando en Bolivia con el nombre de Laura Gutiérrez.

Creo saber que Guevara le pidió a Wolf que actuara con sus infiltrados o aliados en la CIA. Le era indispensable estar seguro. Tania tenía por misión reclutar gente para apoyo de los guerrilleros (la red logística urbana). Además ella conocía las casas de seguridad, los escondites y las relaciones con los comunistas bolivianos... Observo que usted me mira con mucha seriedad...

—En efecto: si comprendo bien lo que dice, Guevara estaba tomando un riesgo extremo, un riesgo de principiante...

—Era un hombre de riesgo, apostó todo a

Wolf y se ve que tenía confianza en ese extrañísimo hombre.

—Wolf tuvo que haberle dado, en ese viaje secreto a Pankow, seguridades absolutas...

—Supongamos que sí, señor Posse. Él, por su lado había destacado a Mercy y a otro experimentado agente para controlarla (naturalmente, nosotros no supimos nada de eso en aquel año de 1966; nos enteramos mucho después). Pero aquí va mi pregunta: ¿y si Wolf se equivocara, o fuese engañado o "quisiera" equivocarse? Estaríamos ante la catástrofe, ¿no? Sin ser demasiado mal pensados podríamos, en ese caso, suponer que cuando salió de Praga la CIA ya conocía todos sus posibles movimientos en Bolivia... Esto es: que Guevara estaba ya muerto cuando tomó el tren en Praga, después de esos meses de soledad, para iniciar la campaña de Bolivia, que era en realidad, para él, el comienzo de la batalla por la Argentina... Es una lejana probabilidad. Yo, personalmente, no la creo.

—Era un sentimental —dijo Vlásek mientras sabiamente echaba el agua en el negro té siberiano. Estábamos, como la otra vez, en la cocina. El gato barcino gozaba con nuestro diálogo. Se ubicó en una silla de paja, no lejos de la hornalla que mantenía caliente la enorme pava de aluminio.

—Uno siempre termina prefiriendo a los sentimentales...

—A su criterio, ¿qué debió hacer? —le pregunté—. Y Vlásek:

—En nuestra vieja escuela del Comintern no habría duda alguna: Guevara tendría que haber mandado eliminar a Tania (no había otro remedio, porque conocía a todos los protagonistas y todos los lugares de la red boliviana). ¿Qué haría usted, señor Posse? Es evidente que suponer que mi amigo Günter Mannel (que hoy tiene otro rostro gracias a la cirugía estética y, según se dice, trabaja de gerente de un club de golf en Oklahoma) no haya incluido a Tania en su listado de agentes que vendió a la CIA... ¿Qué le parece? Pero como le dije: era un sentimental. ¿Cómo iba a hacer matar a la deliciosa Tania? Era un argentino, usted disculpe, era un hombre del tango, de la melancolía profunda del tango. Ese sentimentalismo último que impide llegar al último extremo de lo profesional. Usted disculpe...

HABLA SU GUARDAESPALDAS: La vida en Praga, era más bien monótona. Uno puede pensar que el hecho de vivir en la clandestinidad con el comandante Guevara podría servir para un acercamiento. Pero eso no fue así, todo lo contrario. Más cerca de él se estaba, más lejos se lo sentía. Cuando salíamos al exterior, donde se suponía no había micrófonos, era cuando nos daba explicaciones y las órdenes según el plan de tareas. Éramos tres o cuatro, porque a veces alguien era enviado como correo a alguna parte.

Me dio la orden de tutearlo y de llamarlo Ramón. A mí me resultaba imposible y varias veces por día se me escapaba el tratarlo de usted y decirle "Comandante". Hicimos dos grupos. Uno cocinaba o hacía la limpieza de la casa, alternativamente. Él quiso que se le diesen funciones como a cualquier otro.

Estaba aumentando de peso. Una mañana, durante el desayuno, nos dijo:

—Nos estamos oxidando físicamente. Hay que empezar la preparación y el entrenamiento. Al principio suave, después con todo rigor. Empezaremos con gimnasia en el jardín. Hay que poner una barra para flexiones. Más adelante haremos marchas.

—Comandante… disculpe, Ramón; pero eso es todavía una barbaridad. Tú deberías pedir aviso al profesor que te atiende… Usted disculpe, Comandante, pero se lo tengo que decir… Creo que es lo que opinamos todos.

—Acepto tu observación. Pero seguimos adelante con mi orden. Empezaremos mañana a las ocho.

Teníamos un aparato horrible de música y dos discos, uno de los Beatles y otro de Myriam Makeba. Aquello era peor que un campamento militar: unas camas desoladas, unas sillas y una mesa pelada.

Él se fabricó un lugar como escritorio. Puso una lámpara de plástico. Estaba terminando un libro sobre economía. (Borrego, en La Habana, estaba juntando todos sus escritos.) Esto a mí me daba mala espina. No se lo comenté a los otros, pero empecé a sentir que el Comandante preparaba una gran despedida. Sabíamos que el día menos pensado se nos presentaría con un "mañana partimos", y habría que seguirlo.

Una mujer, contratada por la embajada, venía dos veces por semana con provisiones y para hacer limpieza. Muchos mediodías salíamos de caminata (a veces hasta quince kilómetros). Íbamos a almorzar a algunos restaurantes o comedores para obreros. Allí había un momento de distensión. Se hacían chanzas. Una de las camareras se enamoró o le gustaba Ulises. Después de ponerle el plato le revolvía el pelo cariñosamente. Se decía todo tipo de zafadurías. En esas cosas no se metía, hacía la vista gorda. En campaña era distinto: podía costar la vida, como pasó en la del Congo a aquel muchacho que embarazó a la negrita congoleña. El Comandante lo había dicho claro: el que lo haga tendrá que casarse por ley y seguir con la mujer para siempre, como esposa. Pero aquel muchacho estaba casado, con un hijo, en Camagüey y se pegó un tiro. Lo encontramos tirado en un charco de sangre...

Un día que se vestía con un sacón de fajina y borceguíes, para hacer ejercicios de entrenamiento, me señaló la ropa de su disfraz de burgués, de Vázquez Rojas:

—Mira eso: la normalidad para la nada... ¡La vida normal!

El terno estaba en el espaldar de la silla. El pantalón doblado en el asiento y arriba el chambergo. Al pie de la silla el par de "zapatos educados", como él decía.

Parecía que gozaba al liberarse de aquella apariencia con la que estaba obligado de moverse por la ciudad.

—Ahora sólo me falta el pelo largo, la barba, mi habano. ¡Cómo comprendo a Sansón! ¡Y así, como lo ves de comedido e insignificante, ese Vázquez Rojas se está levantando una mina!

Gozaba al salir al improvisado campo de entrenamiento. Corría, se echaba cuerpo a tierra. Pero el frío y la humedad del invierno eran muy fuertes en aquella Praga y al rato oíamos salir de su pecho eso que él llamaba el ronroneo. Era el borde de su asma. Sin embargo, intentaba aguantar hasta último momento, hasta que se cumplía la hora fijada.

En los almuerzos en la cantina hablaba más abiertamente. (Tenía la obsesión de que los checos seguían todos sus pasos para transmitirlos a los rusos, al KGB.)

Un día empezó a hablar de que nuestra verdadera misión histórica era librar la batalla de América, de la liberación de América. Cuba había sido la demostración de la posibilidad. Dijo que nuestros pueblos son un pajonal reseco a la espera del fuego y del agua liberadora. El fuego, liberador; el agua, fecundadora.

—Si tú prendes un pequeño fuego, el pajonal se enciende, como se encendió Cuba desde el chispazo de Sierra Maestra. América está a la espera. Lo de África es distinto. Yo quise ir más lejos de lo debido y de lo posible, pero Fidel había definido esa acción como un gesto político y, para nosotros, una posibilidad de experimentarnos... Pero en América todo será distinto.

Entonces fue cuando el Comandante nos advirtió más o menos de lo que iba a ocurrir:

—No se trata de encender cualquier fuego. En Perú podría ser riesgoso: las fuerzas de combate están muy infiltradas. Tendría que ser en una posición geográfica que dé acceso tanto a Brasil como a la Argentina. Tal vez Bolivia reúna las condiciones.

Fue cuando me miró y me dijo:

—De tenerme que morir, al menos que sea con un pie metido en la Argentina...

Aquel almuerzo fue importante, porque nosotros nos hacíamos ya muchas conjeturas. Él sintetizaba cosas que antes había dicho más veladamente.

—Muchachos, ustedes tienen que saber que no hay oposición ninguna entre la fidelidad que les pide Cuba y Fidel y su compromiso conmigo. Yo apenas doy un paso más en circunstancias en que Cuba y Fidel, por razones de Estado, no pueden ir más allá de lo tolerado por las condiciones internacionales. No hay oposición y no hay que dar crédito a las calumnias. Somos dos caras independientes, pero de la misma moneda... Ustedes no deben creer que estando conmigo pueden estar en oposición con Cuba. Pero hay un camino independiente que yo debo manejar con mucha privacidad. Caminos que no pasan por los Servicios ni por Piñeiro... Justamente para evitar conflictos y malentendidos que podrían dañar gravemente a Cuba.

Creímos que pronto empezaría la acción, porque las charlas durante los almuerzos se hacían cada vez más precisas. Había algo raro, como algo personal, desafiante:

—Ustedes tienen que comprender que esta instancia de socialismo soviético que vemos aquí en Praga es una etapa muerta. A nosotros nos tocará fundar el verdadero socialismo, que será vivido desde adentro por el pueblo... Este socialismo muerto está tratando de atrapar a Cuba. Durante la Segunda Guerra los alemanes ataban con alambres un soldado ruso vivo con un muerto. El muerto vence siempre con su podredumbre al vivo. Eso es lo que nos anda pasando: es lo más grave, que lo muerto, que la nada corrompa al cuerpo vivo. ¿Es que no sabemos con precisión cómo son esas ataduras, cómo es posible que el cuerpo vivo no salte de la podredumbre y corra y se salve en plenitud?

Es inexplicable: hay un demonio que tironea al mundo, a lo humano, hacia el fango, hacia la aniquilación...

APUNTES FILOSÓFICOS (PRAGA, 1966. CAFÉ SLAVIA). Pareciera que estoy "salao", como el viejo pescador de Cojimar (antes de que arrancara al mar el enorme pez, el pez de su vida). Los agentes que me conceden los checos, los rusos, tal vez los de la CIA, son de segunda: lo difícil es no distinguirlos por su mirada buscona, demorada un instante de más, como la de los pederastas de levante.

Mi clandestinidad irrita y me inventan muertes periodísticas. Jean Lartéguy, en el *Paris-Match,* encomió mi coraje inútil al alzarme contra Fidel Castro y ser fusilado al amanecer, como corresponde, con el grito de "¡Hasta la victoria siempre!". Una versión norteamericana afirma que alcancé a huir en una avioneta llevándome secretos estratégicos que entregué a la CIA. Parece que me operaron unos cirujanos (nazis) y vivo en Las Vegas dedicado al juego. Por las noches llego al Caesar Park con una mulata deslumbrante (seguramente menor de edad), para jugarme los millones que me pagaron. Hasta en la Argentina publicaron mi muerte, devolviéndome a mi inevitable rango social: "Fallecimiento del doctor Ernesto Guevara de la Serna... De una tradicional familia...". El indeclinable esnobismo argentino.

La mejor posibilidad habría sido la de la mulata. Me he metido demasiado dentro del personaje moral. El Catón de los trópicos... Eso ya me molesta, sobre todo en mi vieja y salvaje vida sexual. En la Sierra Maestra empezó a tentarme el demonio de la ética. Más tarde, jodí a mi familia: ¿Cómo vas a tener chocolates regalados? ¿Cómo vamos a tener una heladera que ande? ¿Cómo vas a aceptar ese par de zapatos italianos que trajo de regalo la delegación?

En este sentido Vázquez Rojas/Mena es más libre que el otro, el Guevara-guerrillero-heroico.

Uno termina siendo su máscara. Y la máscara que elegí huele a muerte. La máscara, lo siento, empieza a hacer su propio camino y me lleva. De modo que, al fin de cuentas, yo no soy ni Vázquez Rojas ni el conocido Guevara de la Serna...

Cuando uno se propone nada menos que "apuntes filosóficos" se siente como una ridícula expresión de lo banal. La mano encuentra lo más efímero. Es como la reacción de no tener que toser en el teatro o, cuando chicos, la irresistible tentación de reírse en misa.

La escritura y la página en blanco son gendarmes, celadores y hasta matones... Me gusta escribir de corrido la urgencia de un diario de guerra, sobre un tronco de árbol o a la luz de un candil como aquel que manoteaban mis dos monos amigos del campamento del Congo. En esos casos se escribe sólo lo necesario: quién murió, o quién fue herido. Avance o retirada. Cosas concretas: "Hoy matamos un hipopótamo y lo servimos asado queriendo creer que era vaca...".

En la paz de un café de Praga, en el largo aburrimiento de la tarde gris que uno mira pasar por la ventana, la filosofía es un esfuerzo muy grande. Si ella no viene y lo busca a uno, es imposible salirle a punta de lapicera, a por ella.

Maravilla de Praga vista desde la ventana del *Slavia*. La orquestita de jubilados toca el Vals del Emperador. Allá arriba en un lecho de nubes rojizas, volando a lo Chagall, aparece y desaparece el Castillo.

Cisnes ateridos en disciplinada hilera bogan hacia el puente de Carlos. Alguna gaviota posada en un témpano de hielo, de los últimos hielos del invierno, se desliza por la corriente.

Se acerca el comienzo del atardecer, cuando se encienden las primeras luces, cuando Praga empieza a jadear. Porque Praga también es asmática.

Inicié otra carta para Tita Infante (algunas las mando, la mayoría queda en el cuaderno de apuntes como fragmento de un diálogo permanente). Tita en Buenos Aires, con su caja de instrumental médico, todavía haciendo las últimas prácticas en el hospital de Clínicas. Tita la no bella. La no brillante. La enamorada de la insolencia, del movimiento. Con sus reuniones de célula   del Partido Comunista los jueves por la tarde, en un lugar siempre distinto, como si algún perseguidor los honrase con su odio. Tita la enamorada, la que nunca tuvo novio. O cree que puede todavía tener ese novio nerudiano: "Amo el amor de los marineros que besan y se van".

Tita, su carta... y esa frase: "Amigo mío, mi afecto y mi amistad por usted, Ernesto, no han sabido nunca de vacilaciones. Sé que usted está entre nosotros. Sé que algún día en alguna parte podré verlo".

Aquí la carta que ya no sabré a qué dirección cósmica mandar:

"Querida amiga. Muchas veces recuerdo nuestros largos diálogos porteños. Siempre tuve hacia usted un respeto especial y distante. Tal vez el hecho de que usted pertenecía disciplinadamente al Partido Comunista argentino me fascinaba. Para mí esa organización tenía algo de mítico y, en aquellos años en que terminaba mis estudios para médico, yo estaba muy lejos de los secretos del marxismo que usted manejaba con precisión de serena iniciada. Después, con los años y a punta de pistola, me constituí en un entusiasta violador del marxismo. Hasta manejé el ministerio clave: el de Economía.

"Imagínese el horror que sería para Ghioldi, Rubens Iscaro o Aráoz Alfaro enterarse de que yo, sólo por pelear en una sierra del Caribe, ametralladora en mano y cojones en su debido lugar (disculpe, Tita, mis groserías de siempre), ocupara un lugar en el comunismo mundial que ellos ni siquiera sueñan. El de ellos es el comunismo de las viejas (siempre esperando los palazos del militar de turno). El comunismo arrogante, silogístico y escolástico de los intelectuales argentinos, todos esos a los que tuvimos prácticamente que echar de Cuba con Fidel, tan hartos nos tenían queriéndonos enseñar revolución... Pero, Tita, usted era distinta y conoce el respeto que le tengo. Pero mi caso es la prueba palpable de que la Revolución es un hecho y no una voluntad intelectual o una nostalgia.

"Cada vez que le escribo me pierdo en divagaciones. Lo que quería decirle es que aquí en Praga, donde me repongo de mis errores militares del Congo, puedo hacer cotidianamente una experiencia del socialismo que no queremos tener. En esta magnífica ciudad —junto con Venecia y París, la más bella del mundo—, los seres humanos parecen sombras grises con mirada huidiza de pájaros asustados o comprometidos siempre con algún peligro. Hay una infelicidad y un desacuerdo básico. Ni la mínima solidaridad de la gentileza, de decirle buen día al que entra en una tienda. (En esto, hay que reconocerlo, Cuba es una revolución en la revolución. Ese golpe de afecto, de latinidad, aunque tenga un enorme costo en eficacia y seriedad, al menos muestra la vida como un aromático café con azúcar del de allá: blanco y rumoreante como nieve en la palma de la mano.)

"Aquí todo es predominio del gris. Por las calles se escurren seres que parecen maldecir su destino. Imagínese, Tita, lo que esto significa para mí: desde el punto de vista teórico me parece perfecto el rigor con que Checoslovaquia y Alemania Oriental aplican una colectivización enérgica. ¡Si yo gobernase aquí, haría lo mismo!

"Los 'tropicales' muchas veces me acusan de stalinista; de querer aplicarles un rigor y una disciplina que no concuerdan con ellos.

"En estas líneas usted puede comprender las contradicciones y dudas en las que me debato. Los soviéticos y los checos han logrado inundar el alegre rojo del comunismo con una lechosa baba gris, una mezcla de miedo y burocracia, de modo que nadie se siente convocado por la poética revolucionaria. ¡Y yo, teóricamente, aprobaría lo mismo! ¡Algunos en Cuba me llaman "el prusiano"! Es como si no se supiese todavía zafar de los extremos: entre la tolerancia a la flojera y la disciplina de cuartel, que termina por transformar a los hombres en niños, eternamente dependientes de la pirámide jerárquica.

"Enumero, apenas, incidentes de hoy: uno de mis hombres va a comprar carne; como no pide más que con un checo de aeropuerto y no se hace entender, lo sacan de la cola "hasta que llegue el supervisor". En la calle Jíndriska a una vieja se le cae el monedero en la parada del tranvía. Mientras recoge las monedas, el conductor del tranvía que llega hace sonar histéricamente la campanilla. La vieja renuncia a dos o tres moneditas, aterrorizada. Ya llegan los hombres de la policía, que también le gritan. Y así, ¿para qué seguir? Goethe era el que decía: en lo mínimo del microcosmos, lo máximo del macrocosmos...

"Pero ya ve, Tita: yo soy ahora el que ocupa el podio. No puedo escaparme en teorías ni descripciones. Ahora me toca a mí estar entre los que deciden. Muchas veces me pregunto: ¿estás seguro de que es éste el mundo que querés imponer? Seguramente éste no".

"Tita, me voy del café, me voy de la carta, cierro por ahora nuestro permanente diálogo. En el fondo siempre tuve miedo de sus abismos, Tita. Siempre quise inyectarle eso que llamábamos, cuando volvíamos caminando por la avenida Córdoba desde el Clínicas, "mi amor materialista y un poco grosero por la vida". Pero sus abismos, esos monstruos interiores que la muerden y amenazan. Usted me dice: 'Fui un muerto entre los vivos. Mis dificultades íntimas fueron cada vez más grandes hasta llevarme a un verdadero estado de enfermedad, como un mundo de locura, de desesperanzas, que me envolvió en sus redes, amenazando mi salud física, moral y hasta mental'.

"Terrible Tita de los abismos: quédese de este lado, resista. Era usted la que me iniciaba en el orden marxista como haciéndome entrar en una geometría, en una racionalidad, fuente de vida pura y verdadera. ¿Qué pasa Tita? ¡Vamos! Su amigo Ernesto."

EL EXTREMO. Es muy grande la insolencia de quienes vivieron desde siempre en el Palacio de la muerte. En cierto modo todo les resulta fácil: se han criado en esos corredores sombríos, sorprendiéndose de encontrar una luz o una inesperada puerta en los finales. Son los que aprendieron desde chicos a soportar. Los que llegaron a ese terrible momento en que la vida está colgada de un delgado hilo de aire. El hilo de plata.

Mi padre me tenía de la mano, durante horas, sentado en el borde de la cama. Desde la penumbra yo controlaba su angustia por el brillo de su mirada. Trataba de tranquilizarlo. Le mentía, pero no era fácil engañarlo. A veces me daba vuelta en la cama hacia el lado de la pared y le decía: "Ya pasó". Uno o dos días después volvía al colegio. ¿Cómo explicar algo? ¿Cómo contar las cosas del Palacio? Uno carga una terrible distinción. Para siempre algo nos separará de los sanos.

El Palacio es una escuela de jefes. Cae de su peso. Siempre seremos los que esperamos a los otros, los que nos desilusionamos por la flojera de los sanos. Terrible selección: todo nos costará el doble. Subir al cerro, terminar el partido de fútbol, alcanzar el borde de la pileta. Permanentemente estaremos acosados por la tentación de abandonarnos para siempre, o de seguir hasta el extremo. Hasta *el extremo*.

Los sanos serán por esencia conservadores. La salud es olvido de la muerte. Se pasan años sin pensarse como mortales. Para ellos la enfermedad y la muerte son siempre sorpresas de mal gusto. No tienen conflictos con el tiempo, piensan y sienten que nunca se les acabará. Los otros, los que de algún modo tienen la visión de la muerte encima, son capaces de todos los riesgos. Saben lo provisorio y efímero de su tiempo. Cuando identifican el mundo con su propia fragilidad, no se les ocurre más que proponer las mayores osadías. Siempre querrán asomarse por el balcón que da al extremo, a lo definitivo, a lo absoluto. Sea que se trate del conflicto por los misiles soviéticos en Cuba o de intentar fundar un socialismo para un nuevo hombre, que pueda ser capaz de la dimensión ética necesaria.

Este tipo de "desvelados" es altamente peligroso para la comunidad. Son impacientes y más bien arrogantes. Tienen la petulancia de quienes se saben capaces de llegar al punto límite. Saben que están despiertos entre legiones de sonámbulos que se creen normales.

Otra vez *El continental* en la orquesta del café. El recuerdo de los años de Córdoba y esa "novia ausente" que corresponde a todo personaje de tango. El más frágil se transforma en el insolente.

"Un brillo enfermizo y extraordinariamente atractivo en sus ojos negros." ¿Estamos en el palacio Ferreyra, la Casona, o en Malagueño? Su cintura frágil en mi mano. Soy el torpe bailarín de los zapatos desparejos. No. Nunca tuve humildad. Nunca dejé de sentirme un príncipe. Ella era clara, el opuesto de Tita. Una estaba convocada por la alegría; la otra, por los abismos.

Ya entonces venía huyendo de mi destino. De las amenazas de la normalidad. Y ella, que casi se estaba enamorando de mí, intuía que yo era más bien uno del Palacio de la muerte. Un extraño o invitado en el paraíso de la felicidad burguesa. Los Moyano, los Ferreyra, los Funes, los Garzón, los de la Serna...

Sí, la frágil novia ausente, con su piel de jazmín. El mayor peligro de felicidad para quien quiere seguir hacia la improbabilidad y la aventura.

El joven Narciso, que yo era, alardeando con las desventajas menores de su camisa sucia y sus zapatos torcidos, entraba con arrogancia, confiado en esa indudable atracción de la que era bien consciente. Se movía displicente mientras la orquesta tocaba *Laura* o *Mejilla a mejilla*. Y luego las músicas de moda que alegraban a la novia ausente y a sus primas vestidas con impecables organzas y *broderies*. Era *Brasileirinho* o *El tercer hombre*. O el éxito indiscutido de entonces, *Delicado*.

Tenía dieciséis años la novia ausente y veintidós Narciso.

Y sentí por primera vez un extraño temblor al envolver su cintura, al oler esa piel de las niñas en flor. Yo siempre me había jactado con cinismo, en el Grupo Malagueño, diciendo que el amor era un invento tardío y canallesco de los cortesanos perversos del siglo XVIII. "Sentimiento postrador y disolvente" que las civilizaciones sanas habían desconocido.

Pero en brazos de ella, Narciso sintió las rodillas flojas y los brazos lánguidos.

Luego, en la noche, la orquesta alargaba al máximo las notas de *Amapola* o de *Hay humo en tus ojos*.

Suavemente fueron cayendo desde el salón hacia la galería perfumada por los jazmines en la noche. Y se besaron empezando una historia de cuerpos que parecían no centrarse necesariamente en el sexo.

Días redondos como perlas. El Bentley de los González Aguilar llevándonos de Córdoba a Malagueño. Los cantos al atardecer. Y Narciso hablando de Nietzsche, de Freud, de la revolución marxista. Y la novia ausente citando las frases de Gandhi en el libro de Nehru, *Descubrimiento de la India*.

El amor mordió proponiendo vida: hijos, éxito, armonía y paz. Para Narciso los desórdenes de la normalidad le parecían escandalosos. ¿Cómo se hace para matar esa alimaña castradora que llaman amor?

Luego, escondidos en el asiento trasero de un

Buick estacionado. Mordiéndose en besos infinitos, hasta quedar con los labios tumefactos y resecos como los de los torturados. Hundir las manos en su pelo lacio. La misteriosa exaltación de algo que estaba antes y después del deseo.

Y luego el regreso a Córdoba, en una especie de ebriedad. Y alcanzar la casa de Calica Ferrer casi al amanecer. Había que treparse por la verja exterior. Alcanzar, apoyándose en la canaleta de desagüe, el balconcito lateral y de allí entrar en silencio en el cuarto de servicio que olía vagamente a colonia Le Sancy y jabón barato. En la penumbra la lámina de Morán de *El Alma que Canta*, pinchada con un alfiler y el cuerpo dormido, cansado de esperarlo, de la negra Cabrera. Sus muslos calientes en la noche de verano, debajo de la combinación cortona de satén. Su sexo como una enorme y bien madura fruta tropical que Narciso mordía hasta hacerle arrancar gritos. Y ese sexo salvaje y pluriforme en la penumbra, hasta la claridad definida, cuando Narciso volvía a su camisa de nailon y sus zapatones y escapaba con urgencia de vampiro. Sin decir palabra.

"Mi novia ausente."
Fui insoportable, agresivo.
"Hoy me odiás, y yo feliz, me arrincono pa' llorarte." Fui el jactancioso de la muerte. (Te hice apoyar tu deliciosa oreja en mi pecho para hacerte

oír el jadeo de la amenazante Dama del Alba.)
Fui, entre aquellos buenos amigos y tus deliciosas
primas y hermanas, el intelectual agresivo, el
progre detestable, el impío.

Fui el de los prestigios sexuales. Gran consu-
midor de sirvientas, de amas de casa que retornan
del mercado, de perplejas estudiantes de medicina. Todo aquello, como mis zapatos desparejos,
formaba parte de mi aura de insolencia y jactancia. El insoportable Narciso. (¡Que, lógicamente,
se creía, además, poeta!)

Hice todo por destruir el amor. Vos ya no estás
en las formas de tu felicidad. Yo soy el que quería
ser. Me fui con la moto de Granado y terminé
entrando con un tanque en Las Villas.

Todo pasa, casi todo pasó. Y sin embargo,
debo confesarlo, el amor está allí como una extraña flor perenne, que nadie pudo ni puede
matar. Debo reconocerlo. Lo hago desde la
sombría y magnífica Praga, antes de partir hacia
la próxima batalla y después de haber perdido
la última...

(Antes de salir para el Congo, el francés
Dantón, que es tan afrancesadamente inteligente,
me escuchó y me preguntó:

—Es todo descabellado. ¿Es verdad que
quieres ir a fundar un falansterio para negros que
ya viven en el falansterio de la selva? ¿No querrás
más bien morir?

—¿Morir? ¿Para qué morir? Es una ocurrencia descabellada...

—Guevara: ¡pregúntaselo a Cristo, si es tan descabellado...!)...

Mi cuaderno pretendidamente filosófico no progresa. Ponerse a filosofar es un dislate. Ni siquiera lo intentan los filósofos profesionales que escapan del pensar con sus arquitecturas académicas. Mis páginas se llenan de impulsos, de vaguedades.

Por fin se coordinó con Rosevinge y sus amigos traductores para ir con Vázquez Rojas al café o teatro marginal donde les permiten reunirse los jueves por las noches. No les parece prudente ir con un extranjero. Yo me acercaré a su mesa sin demostrar que nos conocemos del Slavia. A las nueve voy por la calle Narodni. El local se llama Reduta. Hay un portero hostil, protegido de la gente con una cadena que abre y cierra con la avaricia de un aduanero de frontera caliente. Digo, en inglés, que me recomendaron ese local en el hotel y me dejan pasar. Es un espacio contaminado por la perversidad de Occidente. Una válvula de supuración y una forma de tener bajo control a los disidentes intelectuales, esa peste de todos los órdenes y sistemas. Los pequeños ácaros que se reproducen al infinito: los asquerosos *Literaten*.

Golpes de trompeta y percusión. El plato del día es un homenaje a Charly Parker. Los grupos musicales se sucederán hasta el máximo permitido por el sistema. Una mujer rubia y macilenta, con un vestido de lentejuelas esporádicas, canta con voz de prostituta neoyorquina.

Vázquez Rojas identifica en la sonora penumbra la posición del grupo. Se sienta cerca y pide vino. Luego entabla conversación con ellos. Rosevinge está radiante y Vázquez Rojas no se esmera en disimular su mirada. Se soltó el cobrizo pelo rubio, un pelo denso que cae sobre su frente. Parece otra. Rosevinge estrena los *blue-jeans* de contrabando que compró con sus lecciones extra de castellano y con las visitas guiadas de comerciantes como Vázquez Rojas.

Es consciente del fácil poder que irradian sus vaqueros.

Se presenta una especie de pieza teatral con fondo de saxofón afónico. La pieza es absurda. Rosevinge se lo dice a Vázquez Rojas para que no se esfuerce en hallarle sentido. Al final, aparece un enorme militar caricaturesco con la cabeza rapada y cubierto con condecoraciones de lata. Hay muchas risas y Vázquez Rojas entiende que se trata del ruso-bufón. Le parece que habla checo con fuerte acento ruso y hace un discurso sobre la hermandad. Entran saltimbanquis, dos enanos y dos perros.

Es una breve pieza de teatro del absurdo. Un joven rubito, frágil y muy pálido, saluda desde el efímero escenario. Rosevinge aclara a Vázquez Rojas que se trata de "un joven talento en la línea de Ionesco". A Vázquez Rojas le pareció entender que se llama Haeven, Haven o algo así. El chico se acerca a la mesa de los profesores. Rosevinge lo presenta y traduce el saludo. Vázquez Rojas lo felicita aunque le aclara que no ha podido entender la obra...

—No está hecha para ser entendida. Más bien para inquietar.

—¿Cómo se llama la pieza?

—Por ahora, *Fango*; más adelante se llamará, tal vez, *Jardín*. La pieza no termina, se va haciendo. Además, en cada presentación es distinta. La pieza "va siendo", como la vida. El texto es siempre provisorio.

Vázquez Rojas pide el vino bueno de Moravia que encanta a todos. Se agrupan más amigos, a parte de Stepánek y Holan, que ya conoce. Hay una chica muy joven y atractiva, que se prepara para ir a Cuba, Blanca. También un rechoncho y vital hispanista que se llama Jiri.

El vino corre fuerte. Vázquez Rojas no deja que falte. Brindan por él. El saxofonista toca *A Slow Boat to China*.

—Vamos en un *slow boat to China* —le dice Vázquez Rojas a Rosevinge.

—Mejor apuntar para el otro lado —dice ella—. Nada de China.

Urban también viajará a Cuba, como traductor en una fábrica de envasados.

—¿Estuvo en Cuba, señor Rojas?

—No, pero me gustaría visitarla. Me hablaron muy bien.

—Para nosotros será un año de vacaciones, el paraíso. Hasta se puede ahorrar un poco. —Urban toma el resto de su enésimo vaso. Vázquez Rojas arriesga:

—Me dicen que andan bastante bien con su socialismo...

—No, el socialismo es la misma mierda, pero son endiabladamente latinos. Las mujeres tienen una candela en el culo.

Aparece un cantante con la cara teñida con carbón de corcho. Canta un interminable spiritual mal pronunciado.

Cerca del final los porteros dejan entrar a los vendedores de baratijas occidentales: colonias, medias de seda, bolígrafos, algunos discos y jeans y remeras que dicen "Columbia University". Supuraciones de la pústula.

—Bagalleros occidentales —murmuró Vázquez Rojas.

—¿Bagaqué?

—Bagalleros.

—¿Qué quiere decir?

Iban saliendo de la sala del Reduta. Se encaminaron hacia la costa del Ultava. Urban se había llevado una botella de vino y un vaso. Pasaron disimuladamente ante los dos coches de policía que vigilaban esa pústula de modesta disidencia del Reduta.

Los hispanistas estaban enredados en una discusión sobre la palabra que no entendieron.

—¿Es una palabra española o de otra parte?

¿Es con elle o con y griega? —Urban creyó haber hallado la clave y casi gritó:

—Lo que dijo es "bullanguero": que somos bullangueros, gente que hace ruido, borrachos en suma...

—No. Dijo "bagalleros". Con elle casi cerrada, como en argentino o en uruguayo...

Vázquez Rojas se mantenía firme e irreductible en la estupidez de todo secreto. Urban administraba la última botella. Bebieron Rosevinge, Blanca y los otros.

—¿Puede repetir la palabra que dijo? —Rosevinge había bebido más de lo que debía y sus ojos brillaban en la helada penumbra, junto al río de la ciudad.

Vázquez Rojas no contestó, se desplazó con cierta jactancia hacia la baranda de hierro helado. Entonces Rosevinge lo tomó de espaldas y lo aferró fuertemente contra ella. Pese al abrigo, Vázquez Rojas sintió sus pechos duros bajo los pulóveres y sus muslos tensos en el esfuerzo de mantenerlo atrapado. Todos reían. Vázquez Rojas se abandonó deliciosamente contra su captora.

El cursi de Vázquez Rojas hubiese escrito: "Pechos duros, marmóreos y sin embargo tibios como dos pichones ateridos en la noche helada del comunismo...".

HABÍAN TOMADO MÁS DE LA CUENTA. A la mañana, en la atroz casa de seguridad, en la ceremonia de la afeitada, no se podía saber si Vázquez Rojas afeitaba a Guevara o si Guevara, con el peor humor, preparaba una vez más la insulsa máscara del pequeño-burgués Vázquez Rojas.

Había una mirada irónica en el comerciante. Un pequeño destello triunfal ante la evidencia de aquel antro de desilusión. Sin ideología, pero por el prestigio y la idiotez, se comprobaba el arrollador triunfo del *american way of life*, con su universo de pacotilla. Todos los que estaban allí, en el Reduta, no eran precisamente burgueses. Habían nacido en el socialismo. Se habían educado como *komsomoles*. Sabían de los horrores de la ocupación nazi.

' Vázquez Rojas canturreaba, como otra veces, *Valencia*. A Guevara le parece oírlo. El comerciante le indica la banalidad de los propósitos heroicos y salvacionistas. Parece decirle: La revolución es un instante efímero, es un momento poético, un trazo de tinta roja en el muro gris de ayer. Lo actual es el tedio. La mejor organización comunitaria no es la pensada desde el heroísmo de los grandes jefes, sino desde la mediocridad de lo cotidiano. Todo parte desde una exacta o equivocada visión antropológica... Amigo Guevara: esa aparentemente absurda fuerza del capitalismo liberal proviene del reconocimiento de la mediocridad de la condición humana. No se equivoque...

Mientras esté Vázquez Rojas o Mena, Guevara

tiene que despedirse de su melena sansoniana. Nunca invoca a Dios, pero si invocara a Dios (o al niño Jesús de Praga) sólo le pediría que no lo dejara morir calvo en la patética estupidez de un ataque de asma. No. ¡Por nada del mundo!

Vázquez Rojas con los tres botones del saco abrochados, con el sombrero calzado hasta las orejas. Hincha del Real Madrid. Franco estaba mal, por supuesto, pero supo mantener el orden y al menos salvó a España de la ruina de la guerra y de la esclavitud comunista y atea. ¡Vázquez Rojas! Y sin embargo ella lo toma de atrás y lo aprieta contra su pecho y sus muslos y le hace sentir detrás de la oreja su aliento caliente de hembra alzada. ¡Joderse! Lo que hay que aguantar.

Guevara, que tomó ese mal vino tinto, no está para bromas. Le molestan esos tres personajes: el Ramón Benítez, el Vázquez Rojas y el Mena. Son como tres argentinos sobre un solo par de espaldas. Es demasiado, no se puede pretender eso de ningún ser humano.

Además, eso de no ser desgasta. Sin entrar en devaneos intelectuales y en las cursilerías del tema de la "identidad", lo concreto empieza por un aspecto de coquetería: ¿cómo es posible andar con el pelo cortado como un gendarme, como un oficinista neoyorquino, como un cagatinta normal?

Guevara ama su pelo y hasta su barba. Ama la

estructura de personalidad de su cabello y de su boina. La famosa foto de Korda lo dice todo. Es irritante pasar semanas y semanas controlando el pelo, disimulando sus tigres, rasurándose como para presentarse para el ingreso en la academia militar de West Point.

Esa mañana, ante el espejo, ve a los tres en esa actitud de señalarle contradicciones. Los tres tienen esa mirada astuta y razonable que lo sacara de quicio en un ya remoto asado con el batallón de intelectuales argentinos que habían ido a La Habana, desertando provisoriamente de sus psicoanalistas. El cubanálisis. Era un 25 de mayo, tal vez en 1960 o en 1962.

Ahora Guevara, que está de pésimo humor, se enfrenta a esos hábiles sobrevivientes profesionales que se atreven a recordarle el enano burgués que llevamos dentro. El burgués óntico.

Quisiera advertirle al trío que hay definitivamente dos categorías fundamentales, los fundadores y los pasatistas: los que están en la vida cumpliendo sus modestas "pasantías".

—¿Qué tú has hecho? ¿Has sido alguna vez guerrero, Vázquez Rojas? ¿Has sentido estar jugándote a vida o muerte? ¿Has corrido bajo las balas para ayudar al herido o rescatar el fusil del muerto? Si quieres, vamos a hablar de filosofía. Pero respetando las jerarquías esenciales de la condición humana: el Santo, el Guerrero, el Poeta... ¡y los parias y el gremio de los comerciantes y los callados sobrevivientes!

Los hombres mercantes lo sacan de quicio. Le gustaría romper de un puñetazo el espejo del lavatorio.

Cuando el burgués sobrevividor quiere exponer razonablemente su cosmovisión de hortera, le gustaría sacar el revólver.

En realidad (ahora que tomo las notas de café, más que notas de filosofía) debo decir que Guevara soportaba a sus amigos burgueses de Córdoba y Buenos Aires, siempre que no se le metieran en profundo, demostrándole desprecio o falta de admiración. Guevara siente que está en juego su narcisismo.

¿Qué tú sabes de muerte? ¡Vázquez Rojas, y tú, Mena! Sólo sabes de muerte clínica. De vivir mendigando penicilina. ¿Te revisaron la próstata este año? ¿Renovaron el carné de la obra social?

Les explico a los tres burgueses virtuales, que son mi disfraz y mis críticos implacables, que la guerra es erección permanente, múltiples orgasmos en una incesante noche de amor. Como ebriedad de la victoria, las lealtades, el desafío en el riesgo. La fascinación del juego mortal. El juego noble. Vida o muerte. Triunfo o derrota. Poder o no poder.

Subo a mi jeep imaginario, mi jeep de comando, en la vereda del Slavia y cargo a los tres hombres de pequeña virtud, Vázquez/Benítez/Mena, y me voy con ellos para la provincia de Las Villas. Ubico también entre los críticos virtuales al señor K., natural de Praga. ¿Por qué no?

Es una noche caliente y el jeep cruza los

campos secos y ondulados hacia la concentración del ejército rebelde. Guevara va al volante. Queda libre el asiento de la derecha, que tantas veces llevó a la excitante mulata Zoila. La columna militar está tensa como un arco para el ataque a Cubaiguán, antes de la gran batalla decisiva.

Serían como las tres de la mañana y al pasar el penúltimo poblado los faroles del jeep iluminaron a la chica de uniforme que valientemente cumplía tareas de enlace. Aleida, Aleida March. La despampanante rubia, que me viene gustando tanto. Para el jeep a su lado.

—Voy a tomar el pueblo de Cubaiguán. A que te vienes conmigo... —Ella me mira desde el borde del camino. Esquiva las luces de los faroles, pero se ilumina su sonrisa. Se para y se sube al jeep.

—A Cabaiguán, que ya pronto amanece.

Hay un cafetal abandonado que todavía huele por el incendio de los bombardeos. Hago una maniobra y los dos saltamos del jeep hacia el galpón del secadero de café. No más de diez o quince minutos. Desde el coche, el señor K. y mis tres invitados virtuales deben de haber oído el ruido de las grandes hojas secas y esa especie de rumorosa risa de los removidos granos de café.

Aleida desde entonces y para siempre. Cinturones de lona. Borceguíes con los cordones siempre desatados.

Omnipotente y con algunos silbidos aromáticos por el fresco del alba, voy entrando en el campamento de la Columna 4.

Es el 21 de diciembre, la alegría del fuego al amanecer. Los gritos de carga hacia la guarnición batisteana. Aleida a mi lado con sus pantalones de lona como para caer de nuevo en el lecho de café y hojas secas. Corre y se refugia de los obuses.

Es breve la batalla: noventa prisioneros, siete ametralladoras, muchos fusiles. De allí al asedio y la toma de Placetas. Estupendo almuerzo en la casa de un guajiro, cerdo con arroz, cerveza Polar y la siesta con Aleida.

Yo me pego al inhalador. Tengo el brazo inmovilizado, entablillado. Aleida me hace masajes en los tobillos. Me pone paños frescos en los ojos y logra hacerme dormir en profundo dos horas.

Voy a ver los cadáveres despedazados por los obuses. Una sonrisa de amigos aplastada por un manchón de sangre coagulada. Aquel a quien hay que cerrarle la mirada inmóvil. Aquel cuyo nombre crees que te acuerdas, y los heridos que piden fumar o beber o que no lo amputen y lo dejen morir en la paz de su propia muerte.

Y afuera otra vez, el regimiento a son de marcha. Los jefes de batallón con sus mapas. Las cargas de municiones. Los alimentos, los adioses.

En suma, el rito de la guerra, donde la muerte no es muerte sino destino, o la ficha negra que te puede tocar en un juego sagrado.

—¿Se ha permitido usted el lujo de tomar un tren blindado? ¿Ha hecho encender sus planchas al rojo blanco, con su ataque de bombas Molotov y lanzallamas? ¿Ha sentido usted que la batalla por la ciudad de Santa Clara, que los dioses de la guerra le permitieron dirigir como estratega, significa la victoria final de la guerra de Cuba?

Los hago bajar de la parte trasera del jeep para que vean desde el camino lo que pasa con el tren blindado de veintidós vagones. El señor K. con su galerita de empleado superior de las Assicurazioni Generali, y las tres máscaras, los tres pasaportes, que en vez de encubrirme servicialmente para mis actividades subversivas se alzan con sus opiniones, revolviendo las bohardillas burguesas de su amo.

—Vean: aquí está lo provisorio, lo sorprendente, el azar, el coraje, el instinto, el miedo visceral, la gloria, la decisión cojonal, la belleza del fuego que tanto conmueve al niño (ese fuego que queda para siempre como fascinación o deuda de por vida)...

Se alinean ante la pendiente. Las siento como a cuatro señoras invitadas a una hecatombe.

Tal como estaba previsto, se levantaron veinte metros de vía y el tren tirado por dos enormes locomotoras se alza en el espacio y cae hacia un taller de automóviles. Polvo, gritos, llamas. Rechinar del acero herido. Estrépito ensordecedor. Gritos de los cuatrocientos soldados de Batista distribuidos en los veintidós vagones de armamento decisivo. Metralla y fuego de mis hombres. Chorros de fuego y nubes de aire quemado que parece encendernos las pestañas y las cejas.

—Cuidado, mister K.; que no se le incendie la galerita.

El botín más importante de la guerra. Los vencedores corren rescatando bazucas, morteros, ametralladoras, cañones, seiscientos fusiles automáticos y, antes de que exploten, un millón de balas.

Bajo el terraplén con Aleida y le digo:

—Te sacaré la foto de recuerdo más difícil que pueda regalarle un hombre a su enamorada.

Aleida posa y sonríe. Logro sacar las llamas del primer vagón.

La erección de la guerra. La solución del mundo a cara o cruz. La solución del mundo por ajusticiamiento rápido. La guerra desinfectante. Vasodilatadora (ideal para el asmático que segrega adrenalina antiasmática). Respiro hondo el aire que ya me huele a mar habanero. Mi apuesta salió bien, mi azar fue fasto y benéfico: radiogramas exultantes de Fidel. Mi hermano Camilo Cienfuegos gritando alabanzas en el teléfono. El *New York Times* que dice que ganamos la guerra. Que soy el gran estratega de la Sierra. Y la cintura de Aleida una vez más. Me caigo del cielo y me voy durmiendo sobre tu piel inefable.

Erección. Burla de La Dama del Alba. Erotismo de muerte, erotismo de vida.

—Señor K., ¿en qué vida se va a permitir asaltar un tren blindado? No pierda usted más tiempo en los evidentes defectos de su padre o mortificando a la pobre Milena Jésenska. Usted se está muriendo como yo. ¡Vamos!

LA HABANA. NOVIEMBRE DE 1994. Me dice uno de sus capitanes en la terraza del Hotel Presidente:

—Créame que ahora, a la distancia, me parece increíble el trabajo de ese solitario que iba de café en café, en esos infinitos días de la Praga invernal, con la corrección aparente de un comerciante de maderas o de un hipotético técnico en agricultura. Así como Debray pensó en una "revolución en la revolución", él trataba de consolidar una nueva lealtad dentro de la lealtad socialista. Sintió en Praga que ese socialismo se moría en el gris. Se moriría de un largo gemido, como acaba de pasar, ahora en 1989, en manos de sus rematadores, la dupla Gorbachov-Yeltsin.

—La boina que se puso Ernesto era en realidad el ridículo y heroico yelmo del Quijote: una palangana o bacía de barbero.

—Ahora podemos, a tantos años de su muerte, reconstruir aquella última salida del caballero de la estupenda figura. Yo creo que para su trabajo conviene que tenga bien en claro los grandes temas. En primer lugar: la decisión de ponerse al frente de un nuevo incendio, de un "nuevo Vietnam", después de su retirada del Congo.

"En este sentido usted tiene que tener presente que no había fuerza del mundo que pudiese disuadirlo. Estaba empecinado. Yo, con toda prudencia, cuando estábamos en la casa de seguridad, después de que me infligiera la milésima derrota al ajedrez, traté de convencerlo por el lado de su salud. Yo sabía que en el hospital de Hradeck Kralovy le habían dicho que se hallaba muy lejos de estar bien. El profesor Sadak pensó que por lo menos necesitaba dos años para refortalecerse y sobre todo para hacer más controlables sus ataques de asma.

"No hubo manera. Se hizo el ofendido y allí mismo tomó la decisión de duplicar las horas de entrenamiento y gimnasia que hacíamos para mantener la forma.

"Ya le he contado algún diálogo en la cantina a la que a veces íbamos durante las caminatas. Habló de que el socialismo había alcanzado el punto crítico —dentro del panorama mundial del poder militar— para poder intentar el ataque final al bastión del capitalismo (él hablaba a veces del "ataque al castillo").

"Se había alcanzado la madurez para el enfrentamiento, el Armagedón. Dijo que nadie puede quedarse parado en la cumbre, que hay de inmediato que actuar; de otro modo, empiezas a caer irremisiblemente por la ladera opuesta...

—Yo creo aquí, en La Habana, que la batalla del Congo le debiera haber servido como una renuncia de su lucha contra los molinos de viento. Aquí, en La Habana, que me disculpen, creo que ya estaban convencidos de que era mejor aguantar al Che adentro, que seguirlo en sus correrías por afuera.

—Pero volviendo a los puntos esenciales, para no perdernos: Primero, su decisión de seguir adelante, pese a lo del Congo. Segundo, su convicción de que esta vez tendría que ser en América: un fuego que pudiese transformarse en el gran foco revolucionario continental. "En África la leña estaba demasiado verde", dijo. Tercero: ¿En qué lugar de América? Usted bien conoce las especulaciones al respecto. En un comienzo se pensó en Perú. Después se consideró que no había seguridades: los apoyos de izquierda que se podrían obtener estaban infiltrados por una hábil represión militar. Perú era la tumba de la rebeliones fracasadas: Blanco, Béjar, Lobatón, de la Puente Uceda... Con Bolivia, la otra posibilidad, se presentaban grandes problemas con el partido comunista local y su secretario, el señor Monje, que hoy es un acomodado empresario burgués en el Moscú neoliberal y mafioso... No vale la pena debatir este punto; está como centro de todas las biografías que se están publicando para aprovechar el *marketing* de los treinta años de la muerte de Guevara...

Pero no vale la pena abundar en un hecho ya indiscutible Guevara, desde los tiempos en que estaba en el ministerio de Industrias, mucho antes de salir para el Congo, cuando ya sabía que su destino sería morir ametralladora en mano como guerrillero, había tomado interiormente la decisión de que Bolivia sería el centro necesario del gran incendio. Y no quiero pecar de infidente, pero Castro sabía muy bien esa voluntad de Guevara que, como le contamos, decía que, de morir, quería hacerlo en su patria, la Argentina...

—Esto está bien claro. Allá, en Praga, nos habló de Perú para despistarnos. Para hacernos decir lo que quería oír: que la lógica indicaba a Bolivia como el país ideal para el supremo intento.

—Aquí corre un cuento de los argentinos que es exagerado pero ilustrativo. Cuando empieza a relampaguear por la tormenta, mientras todos abrirían más bien el paraguas, el argentino se arregla la corbata y mira hacia lo alto porque está seguro de que el Señor ha salido a tomarle fotos. El cuento viene al caso, y Guevara, nuestro querido Comandante, no tuvo la menor duda de que la batalla de Bolivia era apenas el detonador, nada menos, de la Tercera Guerra Mundial, la Madre de las Guerras. Se sentía responsable, creo que no tenía duda alguna de esta titánica irresponsabilidad.

”Al principio, cuando uno analiza las cosas por este lado, en esta Cuba del Período Especial, varada al borde de la podredumbre capitalista y sin respaldo ya alguno del mundo que alguna vez creíamos fuerte y amigo, el intento del Che puede parecer un dislate, una quijotada, pero ¿si hubiera sido un profeta, un visionario? En aquella Praga donde se pudría la ballena del socialismo stalinista, el Che se había dado cuenta antes que nadie, en 1966, de que el capitalismo arrasador estaba triunfando.

Otra vez Vlásek, otra vez en busca de Vlásek en el valle perdido que esconde la bella Praga. Mi auto entra casi por un sendero de cabras hasta alcanzar el borde del arroyo con sus bosques densos, profundos. Sin ciertas orientaciones de Vlásek no sería posible encontrar explicación a esa aventura final de Guevara, cuyos pasos, más de muerte que de vida, se gestaron en los meses de Praga.

Estaba arreglando su jardín. No lo veía desde cuando me entregara la fotocopia de los Cuadernos. Con su astucia profesional comprendió que el material me había impresionado.

—Pena que hay errores de transcripción; seguramente el mecanógrafo no era de lengua española. Pero muy interesante.

—Creo que hay cosas de importancia decisiva. Cuando endiosen a Guevara y se escriba la biografia final, los Cuadernos estarán en el centro...

Vlásek me esperaba con ese té que ya era ritual.

—Nadie conoce ese material... —dijo Vlásek.

—Es muy heterogéneo. Yo creí que sería más político, más preciso. Le devuelvo sus fotocopias. Si encuentro algún colega que pueda interesarse en los originales, si usted está de acuerdo, le pediré que se comunique directamente...

Era lo que Vlásek quería. Yo le servía para hacer saber que estaba en venta clandestina un importante original, de valor político. Me dijo:

—Es desparejo. Se ve que escribía más o menos como se escriben cartas. Con cierta libertad que nos permite saltar de un tema a otro. Es muy personal. A veces, demasiado íntimo. Sin embargo, hay algunos temas de importancia política.

—Guevara fue de Praga a Cuba para el intento final en Bolivia. Por cierto no iba a llevar esos Cuadernos a la campaña de Bolivia. ¿A quién pudo entregarle el material?

—Se sabe que muchas cosas las dio para que Aleida, su mujer, las conservara. Pero no por cierto los Cuadernos, con tantas alusiones personalísimas...

—Tenía alguien, muy amigo, que preparó el material para publicar sus obras completas: discursos, relatos, etcétera.

—Tal vez —dijo Vlásek—. Pero usted no puede subestimar la posibilidad de que haya escrito en el aburrimiento de esta ciudad invernal mucho más que en tiempos de acción. O que los Cuadernos se hayan ido transformando en un confesionario, o en un mecanismo que le ayudaba a pensar. Probablemente, cuando tuvo que partir, intentó legárselos a alguien que no podía ser de su familia. O pudo esconderlos. O tal vez intentó o dio orden de destruirlos a algún *max brod* que no cumplió la orden...

Si Vlásek o alguien tenía el original manuscrito de los Cuadernos, era evidente que el intento de venderlos estaba condicionado por su contenido político. Había una parte y algunas reflexiones que obligarían a muchos a tratar de mantener en el mayor anonimato ese texto. Para otros, sería una invitación al escándalo. Dijo Vlásek:

—Sin los Cuadernos no puede entenderse la enorme telaraña que tejió. Si usted sigue bien los acontecimientos, Guevara empieza un juego de disimulos, ante su amigo Castro, ante los chinos, ante los servicios soviéticos. Pero se afirma, con increíble ingenuidad, en los superleales, en aquellos que, aunque dependen o comparten su actividad con otros poderes, él considera fieles a su causa o intento revolucionario, final, decisivo. Como se lo comenté anteriormente, "activa" a Tania, que en Bolivia había tramado relaciones con todos los sectores de poder. (No hay dudas de que

Wolf o Lobo, con quien Guevara seguramente se vio durante su escapada a Berlín Oriental, tuvo que asegurarle que Tania podía seguir cumpliendo misiones... Y hay que dar por seguro que Guevara creyó a Wolf, Lobo...) Es cuando, desde Praga, decide enviar a Martínez Tamayo, el mejor de sus agentes, el que tendría la tarea de activar la red de fieles, más allá del apoyo oficial cubano o del indeciso aporte de los bolivianos, que desde el comienzo vieron en Guevara al argentino, al aventurero victorioso y prepotente que venía a hacerles la revolución en un país revolucionario pero, además, indígena, serrano, aymará...

No quise desilusionar a Vlásek, pero Guevara más bien evitaba en los Cuadernos explicitar sus movimientos estratégicos. Sus textos daban una dimensión diferente e intensa de su personalidad: de su *factor humano,* que para los políticos es secundario. Si él y sus amigos jubilados tenían alguna pretensión ilusoria de volverse millonarios, iban a necesitar mucha paciencia todavía.

—Lo cierto —dijo Vlásek— es que entramos en un período de gran actividad. Era difícil controlar a los indisciplinados cubanos. Hasta la conspiración se hacía a ritmo de rumba.

”Mientras Guevara movía esos agentes que todavía no sabíamos ni que hacían ni qué se proponían, sus guardaespaldas se dedicaban a darnos trabajo. Uno de ellos, un mulato alto, hizo entrar, escalando una pared del jardín, a una cocinera de la cantina donde solían almorzar. Yo tenía solamente dos hombres permanentes asignados para vigilancia. Por un lado, Guevara, "Chelaviek", que caminaba y se escurría por las callejas de la ciudad; por el otro, esos demonios de sus guardaespaldas, ninguno de los cuales llegaba a los treinta años... Ya así, cuando más o menos se mantenían quietos, era difícil. Imagínese cuando Chelaviek decidió pasar a la acción... Así un día vimos que el auto de la embajada iba al aeropuerto para recibir a una mujer alta, funcionaria del ministerio de Educación. Una rubia bastante espectacular, con el cabello tomado hacia arriba y con un tapado que le llegaba hasta los tobillos, como era la moda occidental de entonces. Se imagina quién sería; era Tania, Tamara Bunke. Había tenido el coraje de hacerla viajar con pasaporte a nombre de Marta Iriarte.

"Claro, en ese tiempo jugaba con nosotros. ¿Qué podíamos saber de esa Tania? Por entonces no habíamos recibido información de nuestros colegas soviéticos o de Alemania Oriental. En ese momento era una señora que llegaba. Después, con el tiempo, supimos de quién se trataba. Imagínese si Wolf, el Lobo, iba a dejar la presa después de haber mordido...

"(Cuando comprobamos que "la funcionaria" se había encontrado con él en la habitación que a veces tomaba en el hotel Pariz, pensamos que se trataba de una mensajera de Castro o de una conquista ocasional, digna de esa gente que involucra el erotismo en todos los momentos de su vida. Pensamos que sería algo así como la cocinera que el mulato traficó haciéndole saltar la pared de la "casa de seguridad".)

"Esa gente es así. Él mismo los llamaba "los tropicales". No son gente seria. Viven una infancia eterna. Pero no dejan de ser peligrosos. Acuérdese de que en 1962 estuvieron a punto de hacer estallar al mundo en una guerra nuclear.

"No. No eran serios...

CAFÉ SLAVIA. APUNTES FILOSÓFICOS. Grave y concentrada reflexión sobre el tiempo de la vida. (Concentrada, porque no me escapé hacia distracciones y me quedé enfrentado, sin cambiar la mirada.)

El tiempo del atleta guerrero y el tiempo del apacible estratega. El atleta-guerrero comprende que ya no podrá fallar, que está enfrentado a la última salida del Quijote en su fatigado y asmático Rocinante. No habrá otra. Al fogonero le quedan apenas dos años para encender "la hora de los hornos". Dios o los demonios le otorgan al osado Fuser apenas un par de años. La Gran Cerda está en la mira, esto es realmente muy excepcional. Basta el disparo justo, el disparo decisivo, y el pesado portón de bronce de la Historia girará sobre sus enmohecidos goznes.

Inútil decirse que la incapacidad física se

transformará en experiencia del *strategos*. La guerra es arte, artesanía. La batalla final siempre es un cuerpo a cuerpo.

Observé todos los gestos del doctor Sadak y sus ayudantes. Un buen aumento de peso, efecto de las vitaminas. Ensayarán una droga novedosa y poderosísima contra el asma. Dicen que es el gran descubrimiento de "los médicos del Kremlin". (Deben de estar tranquilos esos viejos monarcas de traje gris del Politburó, que son todos indudablemente asmáticos...)

Estoy sentado en la camilla, terriblemente lampiño y un poco calvo. Me cuelgan las pantorrillas fláccidas. Mantengo puestos unos denigrantes zoquetes grises. Un reflejo de una puerta de vidrio muestra mis piernas largas, huesudas, desamparadas (como las de los cristos de iglesia provinciana).

Como siempre, los médicos no se animan con la pregunta esencial:

—¿Para qué necesita usted su cuerpo?

¿Cómo decirles que soy un atleta-guerrero y que ya dentro de uno o dos años nadie me contratará ni podré ofrecerme como *samurai* independiente? Un guerrero-guerrillero-heroico dura más o menos lo que un tenista, o un jugador de rugby: nunca pasará de los cuarenta.

El doctor Sadak me mira sin perder la calma. Siento que presiente, en la mirada de ese buen Vázquez Rojas, mucho más. Adivina algunos demonios que a éste se le escapan hacia lo profundo desde el ángulo de los ojos.

No puedo decirles que necesito el cuerpo para dormir, como ciertos primates en las horquetas de los árboles porque el suelo de la jungla está anegado. ¿Cómo decirle que necesito trepar como una fiera sin aire cuando empieza el ataque de asma y yo, ya en lo alto de la horqueta, puedo levantar la cabeza y aspirar ese "aire de arriba", que siempre me pareció más puro?

No puedo inquietar demasiado al doctor Sadak. Tal vez —aunque no me animo— no se sorprendería en extremo si le dijera que quiero prepararme para el maratón anual de Nueva York. Pero no, no me animo.

Cómo decirle que en la bolsa sucia de campaña, donde meto la mano para buscar la pipa o el libro de Nietzsche, doy con una horrible culebra venenosa que por suerte muerde la roñosa manga de mi chaqueta militar (y es ella la que queda inmóvil y cae desde lo alto, y todos nos reímos a carcajadas por la fuerza de mi ancestral veneno, la roña).

Sí, doctor Sadak: necesito el cuerpo para caminar con el agua hasta la cintura por los esteros del lago Tanganika o por los lagos helados del altiplano americano. Voy a comer serpientes crudas, peladas por Benigno como si se tratase de deliciosos langostinos rociados con limones salvajes. Comeré chimangos a la brasa. Me manducaré algún cóndor viejo y ciego. Monos. Ratas disfrazadas de cuis. Asesinados perros de campesinos presentados como guiso de liebre. Yeguas muertas por desbarrancamiento o combate, cuya sangre previamente bebemos como la Coca Cola de los adolescentes sedientos de la propaganda televisiva.

Pero hay algo que nunca más me pasará: nunca más comeré esa ensalada de mariposas que habían preparado los hombres de Idephonse Masengo. Aquel atroz ahogo, sintiendo las alitas multicolores pegadas al paladar. No había saliva para escupirlas ni forma de tragarlas.

En realidad debería haberle leído Rimbaud al doctor Sadak:

Me armé contra la justicia
Me escapé. ¡Oh hechiceras, oh miserias, Odio!
¡Es a ustedes a quienes confié mi tesoro!
He convocado a los verdugos para
morir mordiéndoles las culatas de sus fusiles.
He convocado las plagas, para ahogarme con
la arena y la sangre. La desdicha ha sido mi
dios. Me he echado en el fango. Me he secado
en el aire del crimen.
He desconcertado a la locura.
La primavera me trajo la atroz risa del idiota.

Cómo decirle al doctor Sadak que sólo necesito un cuerpo para un año o año y medio. ¿Lo suficiente para encender el horno decisivo, el último Vietnam?

NELL MEZZO D'IL CAMMIN DI NOSTRA VITA, con las grandes fieras de la selva mundial vueltas en contra de mí.

Solo, increíblemente solo, como dice el tango. Llevando mi conspiración desde las mesas del Slavia, del U Fleku, del Europa. En estas salas tristes con *vitreaux* art-déco. Grandes cortinados y alfombras apolilladas. Maceteros de bronce con apenas un dejo de brillo. Toda Praga es como un salón del *Titanic* en el silencio de la profundidad marina. Espacios de un gigantesco burdel cerrado desde un siglo atrás. Sombras de nazismo en la calle Meisel. Botas negras. Hombres de mirada de lobo con su gorra negra con la calaverita de plata. Y luego, ahora, esa legión de hombres sin sonrisa, de niños cautos que apenas si gritan en la fila.

Una sociedad de gente que no quiere cruzar su mirada con el vecino al que saluda con la cabeza en otra dirección (como me hizo notar Rosevinge).

Desde aquí, desde este camafeo perdido en la neblina, ya he movido el alfil y el peón de la primera jugada.

Sé que no hay retorno. Ahora *les jeux sont faits*.

Implacables, los viejos de la orquesta del Slavia insisten con *Amapola*, *Té para dos* y *El manisero*. Un manisero bajo la niebla, con la hornalla apagada, pero particularmente encantador, para mi gusto. Un manisero de Cuba perplejo, perdido en la Malostranska.

Aquí, en este café, contra la pared de espejos del fondo, hay este enorme óleo que me sigue fascinando. Es un delirio finisecular, pesadamente romántico: el señor de frac, con cabellera de poeta. Desesperado, con la cabeza contra el brazo y la pierna despatarrada hacia un lado de la mesa. Está ante la aparición de una mujer etérea, transparente, sensual. Desnuda bajo sus tules, sensual en la muerte. Con un casco de cabellos cobrizos dignos de Botticelli.

¿Es la Dama del Alba?

Evidentemente fueron amantes y están separados por la infranqueable, la definitiva, barrera. Ésta sería la interpretación más simple. Ella podría ser también la fuerza vital, la juventud perdida. Eran años de tuberculosis... Tema de amor y muerte. Tos y orgasmo, decimonónicos.

La escena tiene algo de desgarrador. Es un óleo. Mantiene una paroxística permanencia, más allá del movimiento constante del café.

Pero para mí tiene mucho de la Dama del Alba. Esa presencia que se desea y se rechaza con terror, al mismo tiempo.

Rosevinge y el señor K. Rosevinge se acercó a la mesa de Vázquez Rojas y saludó con más ceremonia que otras veces.

El comerciante la invitó a sentarse.

—No quisiera que usted tomase a mal lo de la otra noche. Todos bebimos mucho. Blanca y yo nos hemos sentido muy avergonzadas... Fue lamentable.

Vázquez Rojas hizo un gesto con la mano. Dijo:

—En realidad para mí es bastante insólito ver a jóvenes del Reduta que no tienen una situación de angustia económica, que siguen sus cursos universitarios y escuelas, en ese estado tan "negativo", diría.

—Eso es lo que siente la gente joven. Es como si viviésemos una estafa disimulada con grandes ideas torpemente expresadas. Eslóganes.

—Yo no quisiera desilusionarla. Pero todos esos jóvenes que se pusieron a cantar con voz atiplada *Stenka Razin,* para burlarse de los policías y de los cinco o seis oficiales rusos, tienen mucho más que los jóvenes de España, de Sudamérica, de Asia...

Rosevinge lo miró irónicamente.

—Tener o no tener. Nadie sabe qué quiere decir eso. Aquí a nadie le interesa comer y dormir. Quieren libertad.

—En Occidente tienen la libertad de estupidizarse.

—Esto no es un país. Es un criadero de seres silenciosos, de aceptantes. Usted tiene libertad, hace sus negocios, se pasa unas semanas en Praga, en el corazón del sistema enemigo, y nadie lo molesta. Usted volverá a Burgos y a Montevideo sin que nadie se interese en sus ocupaciones... Hasta en España hay más libertades que aquí. Inclusive con Franco.

Vázquez Rojas prefiere no responder. Hay algo absurdo en ese universo socialista, nacido del humanismo finisecular donde todos se desconfían, se maltratan reglamento en mano, para negar un café, para decir que no hay lugar en la cervecería, para dificultar los mínimos pasos de la vida cotidiana. Es el socialismo malhumorado. Un socialismo que pinta todo de gris o de marrón cuartelero.

Para Guevara de la Serna todo lo que oye es motivo de indignación. Es como una insoportable idiotez que ya supo descubrir en sus breves caminatas como invitado oficial, tanto en Moscú como en Praga y en otras ciudades. Un socialismo sin colores, de gente enojada. El socialismo del miedo, el orden aterrorizado. La *pax* de los delatores.

Guevara no puede responderle. Siempre tuvo su admiración por Stalin. Para Stalin, ese pueblo ruso, con su borrachera de tres días de vodka y con su santería de *mujiks*, era también una "tropicalidad" que había que superar por medio del rigor.

Guevara, cuando se despidió del ministerio de Industrias, sacó con cuidado la foto de Stalin que tenía debajo del cristal del escritorio. La guardó para enmarcarla.

Hasta se permitía chistes stalinistas con Mikoyan y su hijo y con el embajador Alexeiev, que los festejaban como ocurrencias. Sobre todo en 1960, cuando el viraje al comunismo del gobierno de Cuba en sus primeros pasos.

El gusto y la relativa comodidad de ponerse en los extremos, en el metálico sillón de la lógica y de la inflexibilidad.

El fin y los medios. La razón de Estado. La razón revolucionaria. (Siempre la mirada oscura y brillante de Stalin, desde la foto del escritorio, entre las tazas de café, el mate chorreado, la pava de aluminio y el tabaco para la pipa en un manoseado sobre de plástico transparente.)

¿Siempre con más coraje para la decisión que para la reflexión? ¿Siempre a cara o cruz, decidiendo de una cuchillada, como los malevos del tango?

Vázquez Rojas trae un incómodo recuerdo para Guevara: los primeros tiempos en la fortaleza de La Cabaña. Los juicios sumarios de los sádicos y los torturadores. Los disparos del pelotón. Los gritos de las mujeres, las hermanas, las madres.

Previo al fusilamiento, como en una dramatización de grupo psicoanalítico, el Comandante Guevara explicaba al torturador de la policía de Batista y a la familia la justa sentencia de muerte que se acababa de dictar. El sentenciado, blanco de horror ante la inminencia de la muerte, asentía. Allí, en La Cabaña, todo eso transcurría en una especie de sala de audiencias con butacas de madera fijas, como en un cine de barrio. El condenado se abrazaba con la mujer, con el hijo y decía que era culpable, que debía morir. Pero nadie cree que la lógica humana, incluso la lógica del torturador ante la evidencia, pueda asumir y soportar la realidad de la muerte en nombre de la Justicia.

—¡Explícale a tu madre lo que hiciste!, exhorta Guevara.

Aquello era lo peor de la Revolución, sin embargo lo podía hacer. Lo aguantaba. No daba un paso atrás. Entre mate y mate, condenar a los torturadores de Batista.

Después se iba, al atardecer, hacia la casa de piedra con tejas, desde donde se veía el mar. Era la antigua casa del gobernador español de La Cabaña. Allá lo espera Aleida, que tal vez consiguió carne para asado. Se sienta en el sillón de paja frente al mar con la antología de poetas franceses. Y llega Hildita, su hija, que lo besa y que intenta subirse por sus piernas. Crepúsculo de la noche sobre el Caribe. Y Aleida que pasa ya con el fuentón de ensalada verde y sonríe.

Sólo él estará atento al amanecer. Si el viento no sopla desde el mar, antes de volverse a dormir oirá las ráfagas de muerte desde el paredón en la fosa lateral del fuerte. El mismo que usaron los españoles contra los patriotas y que usan ahora los patriotas revolucionarios contra los sádicos de la dictadura de Batista. El triste y eterno retorno del mal. El "eterno retorno de lo siempre mismo" (Nietzsche).

CAEN RÁPIDAMENTE LAS NUBES OSCURAS. Es un atardecer súbito, urgente. Las calles empedradas de la Mala Strana brillan con una humedad de garúa imperceptible. Se encienden los faroles de época, con un resplandor mortecino que imita la luz de gas del fin de siglo.

Vázquez Rojas y Rosevinge decidieron caminar hacia El Castillo siguiendo el supuesto camino del señor K.

(Rosevinge le prestó el destartalado ejemplar de la novela, pero Vázquez Rojas apenas si lo hojeó.)

—K. llega y pasa el puente. No puede ser otro que el puente de Carlos. Enseguida estaba la taberna donde queda varado. Tiene que ser ese lugar, donde estaba el viejo molino, donde ahora viven los cisnes.

Avanzan por la Thunovska. No hay nadie en las ventanas ni en los portales.

—No me acordaba, pero creo que era el castillo del conde West-West, ¿no? Ya cuando lo leí, hace muchos años, en Montevideo, me causó cierta irritación. Es como si K. amase su impotencia. Nadie lo expulsó, pero nadie lo recibe en *El castillo*. Viendo el libro que me prestó, el final inconcluso es lamentable, entre las fregonas y las mucamas... Cada vez más abajo, el pobre agrimensor K...

—Para nosotros debe de ser mucho más claro que para usted, señor Vázquez Rojas. Leyendo a Kafka se puede suponer que hay un gran poder en ese castillo. Un poder inútil como el del Golem o el de los robots. ¿Conoce la leyenda del Golem?

—Bueno, es el monstruo de barro que hizo el rabino León. Le puso las letras del nombre secreto de Jehová en la boca y el monstruo se animó. Sólo servía para hacer limpieza en la sinagoga y para asustar al gato, como escribió un cuentista rioplatense... ¿Ve cuánto sé?

—No es poco; por lo menos sirvió para limpieza —dijo Rosevinge—. El Golem de ahora tiraniza a los vecinos; sólo para eso sirve... De siervo pasó a ser el amo.

Vázquez Rojas perfirió no agregar comentarios.

La calleja se empinaba. Pasaron unos coches oficiales, seguidos por dos motociclistas de la policía. Vázquez Rojas se paró ante un colosal farol barroco. En las ventanas de los palacios no se veía más que algún reflejo de luz mezquina.

—Es el *Totenstille* —dijo Rosevinge, riéndose—. No se aflija: es el misterio de Praga. Todos preguntan lo mismo. ¡Y es verdad! Los que usted ve durante el día yendo y viniendo por las calles están muertos. A las seis vuelven a esos portales negros, que son en realidad las bocas de las catacumbas.

El tramo final lo subieron por el empinado ascenso que dobla frente a la escalinata de piedra. Eran varios escalones suntuosos y luego, más al fondo y arriba, sólo una gran boca de caverna, una mezcla de penumbra y niebla.

—Ésta debió de haber sido la verdadera entrada del castillo de K. —dijo Vázquez Rojas.

—No. No se canse. Al final, a la izquierda, daremos con la plaza del castillo. Quiero que vea el edificio más noble de Praga, que es el palacio arzobispal.

Al terminar la calleja había dos milicianos de guardia. Rosevinge les mostró su tarjeta de traductora y guía y señaló a Vázquez Rojas. Lo miraron con lenta desconfianza profesional.

Se encontraron ante las grandes rejas. Un portal exterior con unas estatuas atroces donde un titán, con un terrible garrote, derriba a sus enemigos.

Había dos garitas de guardias.

—De aquí sí que no se puede pasar... —dijo Rosevinge—. Usted, yo y K. somos en este momento la misma persona...

El palacio del arzobispado estaba a oscuras, pero esto multiplicaba su imponencia. Más allá, Rosevinge le mostró la mole del palacio Schwarzenberg. Detrás de las garitas y más allá de los edificios clásicos del primer entorno del castillo se distinguían en la penumbra las agujas de la catedral gótica de San Vito.

En el vasto espacio de la plaza del castillo no se veía a nadie más que las dos o tres parejas de milicianos conversando bajo la garúa del anochecer.

—No podemos quedarnos aquí mucho tiempo. Bajemos por la calle Nerudova —sugirió Rosevinge.

Es la calle empinada en la que Guevara estuvo

a punto de patinar en una lejana visita oficial. La bota se deslizó seguramente en un charco y lo sostuvieron sus guardaespaldas. Ahora Vázquez Rojas iba prudentemente hablando a Rosevinge de Neruda, el poeta, el otro poeta, el contemporáneo.

No pudo evitar la peligrosa tentación, y el comerciante Vázquez Rojas le recitó un pasaje del *Tango del viudo* y de *Introducción a la madera.*

—Enorme poeta, ¿no? ¿Ustedes lo leen mucho?

—Es un poeta oficial y obligatorio, aquí. Vino muchas veces. Yo lo escuché en el Carolingium. Era un señor apacible, un triunfador. Nos hablaba, a los estudiantes de letras, de cosas de nuestra vida política, que no sabía debidamente.

Vázquez Rojas recitó los versos más sentimentales de los *Veinte poemas de amor...*

—Escribió también una *Oda a Stalin* —dijo Rosevinge.

—En Chile, en Sudamérica, lo persiguieron, lo metieron preso. Tiene prohibido el ingreso en España...

—Se equivoca, se ve, en las dos mitades del mundo.

—Pero usted, Rosevinge, no puede odiar a un poeta por razones políticas...

Entonces Rosevinge le hizo a Vázquez Rojas una confesión muy dura:

—Tengo mucho aprecio por usted. Usted, además, es muy generoso al contratarme... Pero creo que sería honesto que yo le dijera algo personal. Yo trabajo de traductora y de guía, pero tengo prohibido el ingreso en la Universidad Carolingia para mi doctorado... Ustedes llaman a eso lista negra, ¿no? Pues bien, de eso se trata.

"Mi madre fue perseguida, en los tiempos de los procesos de Slansky: se suicidó en 1956. Fue denunciada por los jerarcas de entonces. Trabajaba en la embajada de Israel. Le exigieron información secreta acerca del embajador. La torturaron. Y fue tal la humillación que al volver a la residencia de la embajada, donde trabajaba, se ahorcó. No quiso colaborar con el KGB. Mi madre era judía.

Vázquez Rojas y Guevara bajan por la Nerudovska, mudos, como calados por la garúa helada.

Vázquez Rojas debería decir algo contra el sistema, convencionalmente, según su "leyenda". Pero Rosevinge lo dejó mudo.

Ella lo alivia de la incomodidad de lo trágico:

—Con el tiempo, desde que Checoslovaquia rompió relaciones con Israel, la residencia donde ella se suicidó fue otorgada a la Argentina. Siempre hacen una gran fiesta los 25 de mayo, que es su día nacional; es una recepción abierta para toda la comunidad iberoamericana y me las ingenio para acompañar a algún empresario o funcionario de visita. Al final del jardín está el pabellón de madera donde murió mi madre. Es mi homenaje anual...

—Si todavía tengo que estar en mayo, me

comprometo a acompañarla —dijo Vázquez Rojas.

Éstas son las calles de Klamm, de Barnabé y de K. Parecen calles rectas, pero son levemente circulares, como las de los laberintos... Nosotros no queremos leer a Kafka. No nos interesa la imposibilidad de este universo represivo. ¿Qué podemos perder que no hayamos perdido? Aunque los rusos nos manden sus tanques...

Había en Rosevinge fragilidad, furia y encanto. Antes de llegar a la plazoleta de San Nikolas, Vázquez Rojas la tomó por la cintura, la atrajo y la estrechó. Y le besó los ojos y luego la frente. Y allí mismo se despidieron.

Guevara y Vázquez Rojas volvieron hacia la casa de seguridad. Sentían que no tenían nada que decirse.

ECHAGÜE Y OTROS, EN BUENOS AIRES, me contaron el recuerdo de aquellos años de la *douceur de vivre* argentina. El poeta Lavapeur recordó a Ernesto entrando en un baile de jóvenes quinceañeros.

—Aunque su familia no tuviese un centavo su posición era social-aristocrática y las dificultades económicas, y los malos negocios del padre, lo tomaban como signo de distinción. Celia de la Serna, la madre, se jactaba de "la suerte de ser pobre y no tener que lidiar con el servicio".

—Ernesto era insoportablemente malcriado. Capaz de cualquier desplante. Su conciencia de clase era tan fuerte como en su madre y su padre. Yo recuerdo a Ernesto en los tiempos del club de rugby, cuando escribía las crónicas de los partidos, y en la facultad de Medicina. Aquel viernes que se alzó con la pierna del cadáver que estudiábamos en la práctica, la envolvió en unas hojas grandes de *La Prensa* y se la llevó en el subterráneo para estudiarla para el parcial del lunes. Fue la anécdota del año: aquel disparatado viaje en subte. Él tratando de cubrir el pie que salía del envoltorio improvisado, y ese olor de podredumbre cubierta por el formol. Eso le gustaba. Lo disparatado, llegar al extremo, lo mórbido, si se quiere. Y lo festejaban.

—Era el "chancho", siempre jactanciosamente sucio. Con su camisa de nailon que alguna vez había sido blanca y que "bañaba los sábados", como al perro que tenía. Le gustaba la provocación. Pero desde una posición casi infantil, de eterna travesura. "Baño al perro y de paso a mi camisa."

—Después la travesura se fue transformando en espíritu de aventura verdadero. Aquí entra Celia, su madre. Fue ella la que quiso superar la enfermedad con el desafío perpetuo. Ella le dijo: "Aunque te sientas morir, sin aire, quedáte esperando al borde de la cancha o de la pileta, pero no aflojés. No bien sientas que el aire entra en los pulmones, ¡seguí corriendo! ¡Seguí corriendo!

—Celia era tremenda. De la Serna típica. Vital, provocadora. Pero secretamente desilusionada por ese marido débil. Ernesto, Teté, el hijo, fue su gran carta... Tal vez un instrumento de una gran revancha. La verdad es que ella siempre había estado en la izquierda (contra Franco, por De Gaulle, contra los generales, contra Perón —al que creía de derecha—, siempre en contra de la opinión burguesa y conservadora de sus hermanos y de ese medio social del que no se separaba ni negaba en su vida cotidiana).

Echagüe me dice:

—Estás buscando las claves de la infancia del héroe. Como te dije la otra vez, lo esencial era esa batalla callada y secreta del asmático con la permanente amenaza de muerte por asfixia. Habrá sido como una iniciación, como si nada pudiese tener importancia después de la crisis.

"Después de uno de esos ataques y de pasar la noche tomado de la mano del padre y de escuchar algún sollozo angustiado de Celia, su madre; él estaba por encima de los muchachos mayores y hasta de los hombres: tenía la ciencia o el conocimiento del límite, de la muerte.

"Y la muerte lo fascinaba. Casi murió de una infección contagiada por unas vísceras humanas que investigaba en el laboratorio del doctor Pisani... Él siempre iba más lejos que los otros, claro; esa vez se acercó demasiado a la muerte bacteriana... Estuvo muy mal, pero logró zafar. ¿Era un accidente? Hoy ya no creo...

—Como que estudió medicina o se resolvió a hacerlo, cuando el ataque de apoplejía (como se decía entonces) de su abuela, a quien respetaba tanto y que posiblemente, a su modo, fue también una aventurera. Ernesto se quedó día y noche vigilando esa larga agonía. Él mismo le daba de comer pacientemente a la abuela. Raro o imposible imaginarlo en los imbecilizados jóvenes de hoy. Vio cómo la muerte vencía y se iba llevando a ese ser al que tanto respetaba. Y allí, impulsivamente, decidió estudiar medicina. No como quien elige desganadamente una profesión, sino como quien se enrola en una guerra...

—Insoportable y admirable Ernesto. Lo cierto es que donde entraba convocaba las miradas que atrae el carismático, el ungido —dijo Lavapeur—. Esto te lo confirmará quien lo haya conocido y aunque lo odie o lo desprecie por la causa política que abrazó. Atraía. Era la mirada o el porte o esa insoportable arrogancia infantil, o esa cierta distancia, que, como dice Melchor, podría provenir exclusivamente de una extraña "ciencia de la muerte".

—Jorge de la Serna, Carlos Figueroa, Calica Ferrer, Paco Aguilar, Mario Saravia Guevara, Gustavo Roca. Y Granado, que era su compañero en el colegio Deán Funes de Córdoba (porque no fue o no lo mandaron al Montserrat, que es el que le hubiese correspondido como el colegio más prestigioso...). Perteneció a Cordóba y a Buenos Aires por igual. Ellos, los Guevara, volvieron a Buenos Aires en 1947, en el apogeo de la revolución peronista. Pero fue en Córdoba donde conoció —y se enamoraron— a Chichina Ferreyra. Ernesto fue lo que necesitaban los habitantes de la casona Ferreyra y de Malagueño para sentirse cómodos. Porque también les gustaba la provocación. Cuando iba a almorzar algún funcionario de la gobernación o empresarios o invitados serios y razonables, las chicas se insultaban figiendo una feroz pelea con los dicterios más soeces. Se perseguían arrojándose platos y jarrones sin valor, pero como si fueran antigüedades, y luego uno de los muchachos aparecía tirando con un revólver desde la ventana, fingiendo que quería matar a la hermana: "¡Puta! ¡Has entregado tu virginidad!", y haciendo dos o tres disparos... Y los invitados atónitos. *Épater le bourgeois*.

"Éstas eran algunas de las "bromas" en casa de los Ferreyra. Allí entraba Guevara con su "semanal" (la camisa que sólo lavaba los sábados), sus zapatos de distinto color, comprados en algún remate, y con un libro de Camus o de Thomas Mann bajo el brazo.

"Chichina era dulce, inteligente, espigada, con ojos verdes sensuales. Hay una foto de ellos: todo el grupo en un Ford descapotable, una *voiturette*. Y obviamente Ernesto, que no sabía manejar, al volante, saliendo "para cruzar los precipicios de la Pampa de Achala".

—Ernesto y ella, Chichina, se enamoraron. La familia Ferreyra se tuvo que dividir entre los que soportaban al supremo provocador y quienes no lo podían ver.

"Podemos presumir que él la invitó a la aventura del mundo. Según Granado, le propuso un viaje por toda América, en moto o en casa rodante (probablemente soñando con un posible aporte económico de los Ferreyra). En realidad era difícil imaginar a Ernesto, que ya tenía veintidós años, de traje, con consultorio en Córdoba y torneo dominical de golf en Villa Allende. Era evidente que Ernesto veía en la vida burguesa, en la tentación del amor delicioso de Chichina Ferreyra, la gran traba para su sueño de independencia, de negación de lo burgués. Y era evidente, para cualquiera de sus amigos, que la niña no podría adaptarse al anárquico reclamo de aventura, de riesgo, que Ernesto proponía. Eso era bien claro. Creo que trató de convencerla de hacer una gira por toda América y que luego se instalarían en París. Era el programa de la dorada bohemia de entonces.

"Eso del marxismo, de la ideología, vendría después. Su marxismo era por entonces una inclinación modesta: diálogos de café y esa compañera de la facultad, Tita Infante, de la Federación Comunista. Pero de allí no pasaba. Era un pensador juvenil, insolente, liberal. Defendía a Perón para provocar, en los almuerzos de los de la Serna, en la casa de la calle Paraguay, o en la estancia de Malagueño, la casa de campo de los Ferreyra. Entre los estudiantes, en los cafés, era antiperonista de izquierda. Sólo comprendió la importancia del peronismo en sus charlas en La Habana, cuando era Comandante triunfador, con esos dos seres excepcionales: Alicia Eguren y John William Cook, pioneros del peronismo revolucionario y voceros (parciales) del ambiguo pensamiento de Perón.

—Cuando los militares derrocaron a Perón, en 1955, parece que escribió un poema titulado "Una rosa para Juan Domingo Perón". Me lo dijo Aleida March, su viuda, en Cuba. Ella dice que tiene el original...

Y nos dice Lavapeur:

—Es una suerte que haya escrito tanto, y en prosa. Sus intentos poéticos, que no fueron pocos, lo muestran proclive a una cursilería sentimentaloide. El título de ese poema, si existe, sería suficientemente demostrativo...

—Aráoz 2180, ¡casi esquina! —dice Lerena de la Serna—. Veo la casa, con una entrada de garaje donde él intentó fabricar un cucarachicida masivo, basado en el gamexane. Pensó que se haría rico. (Se harían, porque su socio fue Carlos Figueroa.) Quiso registrar la marca del veneno como "Al Capone". No pudo y quedó un nombre bastante evidente: "Vendaval". (Podría haber sido "Stalin", ¿no?)

—Me parece que hay que aclararte más lo de ese noviazgo que destruyó con entusiasmo —dice Echagüe—. Si estás buscando material transbiográfico, es importante este aspecto. Al fin de cuentas esa chica, Chichina, representaba para él la posibilidad de casarse con una gran fortuna,

una deliciosa gran fortuna. Ernesto ni lo pensó. Su narcisismo y su autosuficiencia eran totales. Estoy seguro de que ni su madre ni nadie de su alocada familia pensaron en el dinero de los Ferreyra. Lo cierto es que él organizó su viaje con Granado y pasó, rumbo al sur y a Chile, por Miramar, donde los Ferreyra estaban veraneando. Allí ocurre algo no muy claro, algo que no recuerdo con precisión pero que es desagradable. Ernestito, Teté, se pasa de vivo. Se tira, parece, a una mucamita de la casa de Ferreyra. Y como ella no tiene traje de baño, cuando Teté quiere irse con ella a tomar sol a las dunas, no se le ocurre otra cosa que tomar del tendido una de las mallas de las niñas. Grave sacrilegio, claro. También hubo algo con una pulsera de Chichina que él le pide sentimentalmente, engañándola, pero para ganarle una apuesta a Granado. Parece que la seguridad y la arrogancia lo llevan a mostrarse como un patán. La deliciosa niña entonces escuchó las voces de cautela de la mitad de la familia Ferreyra. Se separaron con promesas de amor. Él le regaló un perrito de mascota para que lo recordara. Pero cuando llegó a Bariloche recibió la carta de ella despidiéndolo amorosamente.

"Se había pasado de vivo. Pero había logrado lo que quería: que el amor, tal vez el amor verdadero, no enturbiara su vuelo de aventura. No recuerdo a ciencia cierta lo que pasó en Miramar, pero él se equivocó. Y tal vez ella estaba esperando que se equivocara... Tal vez se liberaron mutuamente.

—Cuando volvió de ese viaje, se resolvió a terminar con su carrera de médico. Dio dieciséis materias una tras otra. Con una voluntad admirable. Vivía encerrado en el departamento de la calle Arenales de esa tía Beatriz, que lo adoraba y ponía el despertador para cebarle mate, ¡porque Teté estudiaba durante toda la noche!

—Sí. Pero no sólo estudió. La tía Beatriz tenía una mucama, ¡una catamarqueñita que Teté...!

"Era descarado. Me acuerdo de la chica. La estoy viendo. Una vez (siempre la jactancia) me pidió que me quedara hablando con la tía de él, y allí mismo, con la puerta entreabierta, sobre la mesada de mármol de la cocina...

APUNTES FILOSÓFICOS. HE CAMINADO A LO LARGO DEL ULTAVA, luego bajé hacia la isla Kampa, en la Mala Strana. Alguien seguramente checo, de los servicios, me seguía con extraordinaria ineficacia profesional. Tengo ya tan poca importancia internacional que hoy me dedicaron un suplente, un contratado.

Logré una buena mesa en el café vacío, a esta hora de la mañana lluviosa. Pero no podía tomar ni té ni café, porque la máquina no funciona. Fumo mi pipa, pido un aguardiente. En la plazoleta de Kampa llovizna y sólo los grajos se mueven y gritan en las ramas secas y desnudas. Los grajos y mi seguidor, que irrumpe en la plaza y descubre que no hay nadie en la plazoleta, más que él mismo, que debiera ser anónimo. Está tan incómodo como si se hubiese equivocado e irrumpido en un baño de mujeres. No tiene más remedio que chocar contra mi mirada en la ventana del bar. Mi seguidor es flaco, esmirriado. Tiene una cabeza mezquina de pajarraco sin humorismo o de murciélago perdido. Tiene algo de Kafka, si no se hubiese recibido de abogado, apenas bachiller, sin galerita. ¿Cómo resuelve la situación? Apura el paso desmedidamente (no podía retroceder), cruza la plazoleta, pasa frente a mi ventana sin mover la cabeza y está condenado a quedarse sobre la costa del río, junto a los ateridos cisnes, bajo la llovizna. Los cisnes lo mirarán agresivamente: están acostumbrados a los turistas que les dan pan o galletitas, y no previó el incidente. Mala señal: me tocan policías de segunda.

Vine pensando en mi caso. Por momentos con ironía. Soy un *condottiero* solitario, lo cual es bastante paradójico. No soporto mucho a la gente. Mi tropa me aburre. Mis guardaespaldas de la "casa de seguridad" son de una simplicidad insoportable. Se diría que nacen y viven como empatados con el silencio. Un silencio lleno de anécdotas repetitivas. Intenté hacerlos jugar al ajedrez. O leer. Fue inútil. Tienen orden de protegerme. De cuidarme casi a vista permanente. Pero escapo feliz, con mis Cuadernos, hacia Praga, donde ellos creen que me encuentro con una vasta red de conspiradores. Les digo que trabajo; eso suele tranquilizarlos.

Siempre he sido el solitario. El que esperaba que los otros se despertasen, en el silencio de la casa. Yo era el de los insomnios y los ahogos. Yo y los otros. Yo y mis libros y los otros.

Vengo de un país donde se produjeron las mezclas de sangre más exóticas. Un país profundamente bastardo, donde la niña vasca se enamoraba del aventurero celta de ojos azules. Napolitanos reproduciéndose dentro de indias matacas. Campesinas asturianas secuestradas por algún malevo de sangre mapuche. Un país como un delirio del doctor Mengele. Sólo salen piezas individuales, diferentes y un poco anárquicas.

Así, Fuser, el furibundo Serna, el Che Guevara, con sus varias sangres se devolvió al mundo, a buscar la coherencia del mundo, arriba de una moto.

Sólo un argentino, porque no tiene raza propia, puede ser "latinoamericano". Tiene la disponibilidad de impostarse en el mundo de los otros. Somos inmigrantes y enseguida emigrantes. (Aunque la mayoría prefiere volverse a Europa, al mundo "desarrollado".)

Y así Fuser se larga con su amigo Granado como para devolverse de un laboratorio humano a la realidad verdadera del mundo.

Y el "furibundo" recibe ese amor, esa gran casa que espera el que no tiene raíces, en Cuba. Un baño de amor, donde le dicen ésta es tu casa, tu castillo, hijo pródigo. Te damos todo, esperamos todo de ti.

Fuser tiene la energía y la desconfiada maldad de los bastardos. Fuser tiene una cierta crueldad mazorquera que todo argentino oculta detrás de su sonrisa. Tiene la potencia intelectual de los desarraigados. Tal vez su amor sea de tango acompañado de insultos y algunos golpes. Amor, con "vergüenza de que seas amor".

Para un oriental debe de resultar cómico ver nuestro esfuerzo para torcer el destino a golpes de voluntad. Lo cierto es que en este patético Occidente producimos seres enfermizos, pero seres divertidos. Mucho antes de mi vida de revolucionario, tuve una revelación del destino. Fue después de un ataque de asma, cuando vivíamos en Buenos Aires. Por entonces yo definía mi vida en dos instancias: la normal y el ingreso en la "cueva" del asma. La cueva se cerraba como un cono y el final era un círculo neblinoso, de espesa oscuridad, hacia donde me empujaba el ahogo. Había estado *cerca*. Cuando mejoré escribí casi con automatismo un pasaje delirante donde entreveía un futuro con "bayonetas y balas".

¡Lo sé! ¡Lo sé!
Si me voy de aquí me traga el río...
Es mi destino: ¡hoy debo morir!
Pero no, la fuerza de voluntad todo lo puede
Están los obstáculos, lo admito
No quiero salir.
Si tengo que morir, será en esta cueva
Las balas, ¿qué me pueden hacer las balas?
Si mi destino es morir ahogado.
El destino se puede alcanzar con la fuerza de
voluntad.

Morir, sí. Pero acribillado por
las balas, destruido por las bayonetas. Sí, no.
Ahogado no...
Un recuerdo más perdurable que mi nombre
Es luchar, morir luchando.[2]

17 de enero de 1947

Tenía dieciocho años y ya habíamos llegado a Buenos Aires, la maravillosa, pero con el hogar en ruinas. El viejo durmiendo en el sofá de abajo, en la sala. Y Celia con el cáncer que sólo puede causar la angustia. Se llevaban pésimamente.

Días primeros en Aráoz 2180. Luchar, morir luchando. ¿Pero qué lucha? El destino se había filtrado en la droga de mis inhalaciones y me ha-

---

[2] Original citado por Jon Lee Anderson.

bía abierto fugazmente hacia un escenario de balas y bayonetas, todavía impensables, remotas.

Se abre el destino, a veces. A veces, como cuando los santeros de Camagüey arrojan sus sospechosos huesitos para adivinar. El destino sólo susurra o hace esas "señas que nadie comprendió", como el Penado 14.

NOSTALGIA DE BUENOS AIRES. Nostalgias de la calle Corrientes, en esta mesa del Europa sobre la Vaclav Namesti en la incesante tarde de llovizna y ráfagas de viento helado de esta Praga de todas las melancolías.

La negrita Córdova, mi prima. Aquel atardecer en que los primos corren y juegan por la casa en una extraña nerviosidad. El "gallo ciego", y luego la escondida. Me había metido en el armario enorme y negro que había en el primer piso, acurrucado en la oscuridad y tratando de escuchar las voces y protestas de los descubiertos, el conteo de los castigados. Luego alguien, muy sigilosamente, abre el armario y se acomoda en el otro extremo, sobre la pila de sábanas y toallas. Cuidadosamente cierra la puerta del gigantesco mueble. Contengo el aliento. Hay un vago y profundo olor inédito para mí. Luego, sin escandalizar ni asustar, emito un chistido para advertir mi presencia y pedir silencio porque alguien entró en el cuarto, tanteó los rincones y luego se retiró en su búsqueda casi policial. Siento una extraña ebriedad. Tiendo la mano en la penumbra absoluta y toco el cuerpo de una niña que finge reír. "¿Quién sos? ¿Quién sos?", pregunto. Recorro su rostro y ella amenaza con morderme un dedo. Sus pechos incipientes. Sé que es mi prima, Negrita Córdova de la Serna. La atraigo hacia mí, la huelo. Siento arder la piel de su cara. Entonces le susurro, como un desdichado anatomista u ornitólogo: "¿Entonces vos ya sos toda una mujer?".

Tu casa ya no está, como dice el tango. Alguien debe de haber comprado ese armario desganadamente, en un remate, como quien en una feria compra naranjas, ¡sin saber que una de ellas encierra a esos locos enamorados de Hieronymus Bosch! ¡Hieronymus Bosch!

El 16 de octubre de 1945 bajé de Córdoba a Buenos Aires para preparar mi inscripción porque nos mudábamos a la Capital. Y allí, en Arenales y Uriburu, en casa de mi tía Beatriz me encuentro con Negrita, que ya tenía diecisiete. Fingió despedirse, pero la hice entrar por la puerta de servicio hasta mi cuarto.

Días terriblemente húmedos, tropicales. El 17, la tía Beatriz se quejó del calor. "Esto tiene que terminar en una fenomenal descarga, en una tormenta, Dios me oiga." Se apantallaba. No obstante me cocinó lo que sabía que me gustaba: papas con queso.

El portero y el vigilante dijeron que los camiones de obreros subían por Santa Fe, por Rivadavia, por Corrientes. Eran muchos más que los grupos de la mañana.

Negrita volvió diciendo que se había olvidado el monedero. La tía se apantallaba. "Falta una buena tormenta para que barra a esos fascistas de Perón, esa negrada insolente."

Se sabía que llegaban en camiones. Desviaban los tranvías. Cruzaban el Riachuelo en canoas repletas, como las hormigas carnívoras que navegan en hojas durante sus rabiosas invasiones.

El padre de Negrita, mi tío Policho, el escritor, el del Partido Comunista, la había aleccionado: "Es un tardío golpe del fascismo internacional. Es el grupo nazi que comandan Perón y esa yegua...".

Alcanzamos a treparnos a un tranvía con Negrita y llegamos a Congreso. Desde allí nos mezclamos con aquella gente que nunca se había adueñado de Pueyrredón arriba. Eran realmente descamisados, gente en alpargatas. Incesantemente vivaban al coronel Perón. Se alzaban, en realidad, contra los militares que mantenían a Perón preso en Martín García.

No había jefes; eran grumos de pueblo puro. A Negrita le habían dicho que venían obligados.

Aquello, en realidad, era tan fuerte y popular como lo que yo veía en el Bogotazo o en la inolvidable euforia de nuestra entrada en La Habana.

Aquello era simplemente verdad de pueblo.

Ocurre pocas veces, pero es fundacional. Allí, por primera vez, sentí eso tan excepcional: pueblo en carne viva.

Quinientos mil sumergidos inundaban la ciudad y ungían un nuevo líder.

Desde ese día cambié, aunque manteniendo mi desconfianza hacia Perón y mi injusto desprecio por Eva, que no me esmeré en comprender ni tolerar. Mordiscón de clase. Desprecio de Barrio Norte, de opinión lamentablemente *fubista*, digna de esos espantosos comunistas de universidad, doctorados y teóricos, personajes de la calle Corrientes, de la Asociación Psicoanalítica y del cine club.

—El Partido está movilizado. Todas las células en estado de alarma. Policho está reunido con el Comité Central en lo de Aráoz Alfaro —me dice Negrita cuando ya estamos en Diagonal Norte y no podemos avanzar en esa menesterosa multitud.

—¿Te lo dijo tu padre, Policho?

—Sí.

—Decíme: ¿Policho y ellos tienen armas?

—Papá tenía un Colt, pero lo hizo desaparecer porque ahora requisan las casas de los comunistas.

—¿Cómo era?

—Era un viejo Colt 38, de caño largo, de esos que tienen una argolla que pende de la culata.

—Ahora volvés a casa y le decís a Policho, a tu padre, que sea sensato y que se dedique a otra cosa, a sus poemas quizá...

A Perón, que estaba preso y en piyama en el Hospital Militar, lo hicieron hablar a las once de la noche. Tomaba el poder por varias décadas y yo tardaría mucho en darme cuenta. Aunque presentarme como un poco tolerante con el peronismo entre mis parientes ricos o en la casona de los Ferreyra pasó a ser un instrumento de mis provocaciones en aquellos años de mi brillante narcisismo.

DIAS Y NOCHES DE 1947. Epicentros: la calle Córdoba como un río claro, antes de su curva y a la derecha el mítico Hospital de Clínicas, con sus ídolos de la medicina, el temible Arce, Chutro, Brea, los Finocchietto, Taiana. Sobre Charcas, el café. La mesa de la ventana y Tita Infante y Campos con su interpretación comunista (ortodoxa y garantizada) del fascismo peronista-populista. Fernando de la Serna. Arnaldo Sverdlick, que se largaba para pelear por Israel en un carguero polaco que haría escala en Marsella. Los guardapolvos blancos con olor a formol. El tomo desvencijado de Testut. La noche de Actemin, antes del examen. Los prácticos de anatomía con el cadáver más desvencijado que el libro de Testut. El gallego tironeaba de las cajoneras laterales, que servían de asiento con sus tapas de madera, y arrastraba al muerto chorreando formol. "Éste está bastante completito", decía.

El viejo Regueiro contaba la historia de los anarquistas en la Patagonia, los fusilamientos en aquel desierto barrido por el viento. Abandonados y traicionados por los comunistas. Y allí Campos entra con un análisis en Petersburgo, en 1905, sobre la disolvente indisciplina de los anarquistas. Luis Alberto Ballester. Y el fotógrafo Iaro, con su eterna cámara colgada al cuello. Rodolfo Huarte.

Pretendo dar veinte materias una tras otra. La tía Beatriz se despierta a las dos de la mañana para servirme mate. Después de cada capítulo me hace preguntas y repreguntas. Luego me obliga a tomar su pócima: una Bidú con dos genioles. "Para el tirón del amanecer", me dice. Y cuando se duerme me filtro hasta el cuarto de la Ñata, que huele a jabón Lux (el que usan nueve de cada diez estrellas de cine). Le llevé de regalo la foto de Evita con el traje de Dior fotografiada con Perón en uniforme de gala, en el *foyer* del Colón. Yo mismo la agarré con cuatro chinches en la parte de adentro del armario para que tía Beatriz no la descubriese y se escandalizara. Luego la caminata con Tita hasta Pueyrredón. "Usted tiene que leer el *Anti-Düring*; es un libro esencial", me dijo.

Luis Alberto Ballester habla del universo de los Karamazov y del sentido del mal en Iván Karamazov. El mal inocente (el del padre y Grushenka) y la perversión del Mal...

El café con las mesas que nunca preguntan. Siempre cómplices, como los amigos.

Los domingos a la tarde con los redactores de

la revista *Tackle*. Nuestro equipo del tan chic club Atalaya. Meyer Arana, Roberto Guevara, Rodríguez Algañaraz, Lynch, Carlos Figueroa. Las crónicas del Chang-cho (yo). Las risotadas. Las tremendas y rabelesianas aventuras eróticas de Carlos y Francisco. La extraña seducción de las "encantadoras mendigas" de Gardini, que forzaba en los bancos de plaza. Cousandier que aprende el sistema Braille en laboriosas lecciones en el Patronato Nacional de Ciegos, en la avenida Juan B. Justo, para poder leer a Dostoievski (que se lo recomendó Ballester) durante las noches de verano. Sin luz, para que no lo molesten los mosquitos.

Como Roberto Arlt con su rosa de cobre y el baño electrolítico, sueño con los miles que ganaría vendiendo, en los jardines ricos de Martínez y Acassuso, mi Gamexane cucarachicida. Voy al Registro de Marcas. Pruebo ponerle como nombre Al Capone. No me lo permiten. "¿Por qué Al Capone?", me pregunta el empleadillo. "Porque no deja a nadie vivo. Es obvio, ¿no?" Y él: "¿No le parece bien Atila?". Me parece una idea estupenda, pero está registrado como marca de jabón para letrinas. Me conformo con algo menos espectacular: Vendaval. Cucarachicida Vendaval. "No está mal", dice el hombrecillo, y lo inscribe con su letra menuda.

Y la larga noche de la fiesta peronista que indigna a los porteños. Gente que les caía de los dobladillos y costuras de la República secreta y les invadía las calles del Buenos Aires cosmopolita, rico, de chaleco y *canotier.*

El Salón Rioja, el Salón Rodríguez Peña. Alrededor de la pista los hombres invitando a las chicas de las mesas con un cabezazo. Esas chicas con colonia Atkinson, que ya dejaban de ser sirvientas para empezar a ser obreras, enfermeras, empleadas del gigantesco Estado peronista. Cuando se pedía cerveza (negra, Quilmes), el mozo traía un cajón de doce botellas que se deslizaba bajo la mesa. Salón Rioja con su pista trasera para el iniciático "chamamé con sobrepaso". Alegría de acordeones litoraleños. Luego el solemne cuarteto típico ejecutando el rito del tango ante esa gente demasiado alegre y "sin asfalto".

Yo, que siempre andaba con mi camisa de nailon, la semanera (ya famosa), allí tenía que ir de riguroso saco y corbata para entrar. (Como en Moscú, donde nos gritaban *"Niet Kulturny"* cuando mi guardia quería entrar en algún bailable con uniforme de fajina.) También había que ingresar de corbata en el sistema prostibulario de La Enramada y el Palermo Palace. Los taxis de Astorgano dando la vuelta al Monumento de los Españoles. Francesa 5, Completa 15, el resto "a lo que marque el taxímetro".

Buenos Aires bajo la lluvia de invierno junto a la ventana del café. Repasando sobre los apuntes mimeografiados, bolilla por bolilla, febrilmente, esperando que se acercase la mesa examinadora a la letra G.

El temor y el temblor de cada examen.

¿Quién era aquél?

El erotómano solitario en su noche de cacería. La calle Corrientes en la madrugada, el Picadilly, la confitería Premier en el primer piso de Lavalle. Buscando el milagro del encuentro sexual. Y mi larga caminata solitaria hasta los árboles de la calle Aráoz, que yo sentía respirar en la noche; a veces me parecían con la misma cerrazón de mi asma.

El 132 por la avenida Córdoba. O los lentos tranvías con su sinfonía ferretera, bajando por Charcas y uniendo la Universidad con mi casa.

Buenos Aires-universo, de todas las inquietudes y todos los abandonos.

¿Quién era yo? ¿Qué se hizo de aquél y de su ciudad?

Disolvente encanto de la nostalgia en una mañana de lluvia, en Praga. Detrás del camafeo de Praga, la nostalgia de Buenos Aires y una etapa ya perdida en el tiempo. Tango.

Codex praguensis. Carta al comandante amigo. Te debo una larga carta. He movido ya mis piezas y se acerca el desenlace. Todo ha quedado dicho entre nosotros en tremendas discusiones, sobre todo después de mi discurso de Argelia. Te siento más que un hermano, porque veo tu paciencia para comprender mis pasos. Escribo ahora en el aburrimiento y la quietud de un café de Praga (donde, por una ley de imbecilidad sovietista, "la máquina no anda" y el mozo y la chica del bar son incapaces de calentarme agua para un té. ¿Será éste el camino irremediable? ¿Que el socialismo pensado para vivir en el equilibrio de la justicia se transforme en pura y antipática ineficacia?).

Como tú sabes, he movido ya mis primeras piezas en el damero. Tú me apoyas más de lo que debieras. He recibido a tus mensajeros y finalmente he resuelto volver en secreto a La Habana y permanecer durante un tiempo mínimo indispensable para entrenarme con el grupo que me acompañará. Es indudable que tienes razón. Yo hubiera querido viajar directamente desde Praga hacia el objetivo, pero sería insensato. Me cuesta volver a Cuba después del Congo y de mi renuncia a los cargos y a la ciudadanía (la carta que leíste públicamente en la Plaza de la Revolución). Era necesario pero es algo que tiene que ver con el orgullo. Pero, más allá de este humanísimo sentimiento, se impone la necesidad militar de iniciar la próxima batalla con el indispensable entrenamiento previo de los hombres elegidos.

Como otras tantas veces, el agradecimiento queda siempre de mi lado. Aquí, a la distancia, cuando veo cómo manejas a Monje o cómo calmas a los rusos y a Suslov y su "doctrina", realmente siento de tu parte una generosa grandeza, como la que se puede tener en una familia donde uno de los hermanos es un jugador empedernido, capaz de jugarse la casa a un golpe de dados.

Pero aquí llegamos al centro del tema. Ya es mucho tiempo sin vernos personalmente y creo que de aquellas memorables y constructivas griterías, contigo y con Raúl, surgió algo así como la convicción mutua de que tú diriges el Gran Camino (como en el budismo) y me dejas a mí probar por la "senda estrecha".

Creo que es importante decirte hoy, desde la llovizna de Praga, algunas cosas que, de mi parte, siento que deben quedar bien en claro. Por lo menos el "hermano jugador", antes de ser etiquetado como un vicioso de la Historia, debería tener el derecho a sugerir el cambio de su apuesta máxima: que el Gran Camino se unifique con la senda estrecha del guerrillerismo regional. (Es algo así como apostar un solitario dólar de plata a un solo número de los treinta y seis de la ruleta, esperando que se dé el pleno salvador...)

Desde Praga, en el corazón del imperio socialista soviético, quiero reiterarte —ya que me acerco a la hora de la verdad— mi convicción más profunda: Este mundo del Este fracasó, pese al poderío tecnológico e industrial y a ese ejército rojo que pasea sus misiles nucleares en cada 7 de noviembre. Se pudre en el tedio y en el peor triunfo del individualismo pequeño burgués.

Este mundo jamás podrá superar con sus burócratas y sus millones de ganapanes desganados al de los empresarios occidentales con su libertad de mercado y su poderío financiero. Con su demoníaco poder de egoísmo.

Esto no es socialismo, sino un fracaso en el camino al socialismo.

Sólo militarmente el socialismo hubiera podido librar la batalla final. Pero no la libró: la muerte de Stalin fue el hecho más importante de nuestra época. Él pudo haber arriesgado esa batalla decisiva. En algún momento de la gran pulseada, en la crisis de Berlín, en la crisis de los misiles de Cuba —o en otra situación— se tendría que haber llegado al enfrentamiento extremo. La máquina militar comunista, incluyendo las masas chinas, había llegado a la hora de la verdad, a la hora de la espada o de los hornos, pero ya no había torero ni fogonero. Apenas ese lamentable Kruschev —a quien Stalin, cuando estaba borracho, obligaba a "hacer el oso" en la sobremesa del Kremlin—. El Kruschev que nos traicionó al retirar inconsultamente los misiles.

Estuvimos arriba del ring, pero no nos animamos a la gran batalla final. El mundo de los cerdos, de los pequeños burgueses, de la decadencia, triunfa y se extiende. Eso lo puedes ver con más nitidez en estos pobres países tristes, donde ya no queda nada de la grandeza generosa de los viejos bolcheviques y de la voluntad de crear el "hombre nuevo".

Comandante: tu hermano el jugador siente que todo se acaba. Siente que el generoso socialismo de Cuba ya entró también en la pendiente, desde la traición de Kruschev de 1962.

No creas que el hermano timbero es un botarate. Perdida aquella oportunidad del enfrentamiento decisivo, a Cuba le queda su prestigio emocional-revolucionario. El hermano jugador quiere aprovechar los últimos rescoldos del fuego para encender un fuego nuevo que decida, como una gran crisis, a una enorme reacción occidental y, esperamos, a un enfrentamiento decisivo de los socialismos (ruso, cubano, chino, etcétera) para dar la gran batalla.

Estamos en la etapa final de un gran movimiento histórico que ya desaparece. (No del socialismo, que encontrará en el futuro su necesario retorno. ¿En cuántos *rounds* se creó el capitalismo desde el Renacimiento italiano hasta las hilanderías de Manchester?)

Así es, Comandante. El hermano jugador tiene apenas una mecha y una caja de fósforos.

Llueve mucho en la jungla del Congo: la leña siempre está verde allí. Pero imagínate si hubiese prendido. Los chinos se hubieran movido porque ya se estaban metiendo en África (esto me lo dio a entender Chu Enlai). Los rusos no iban a quedarse detrás de los chinos o dejar que los chinos le birlaran toda el África negra y sus puntos clave: Angola, Mozambique, el Congo, Sudáfrica... Pero no pasó.

El jugador insiste ahora con una sola ficha, con el último dólar de plata...

La decadencia es del Este y del Oeste. Tenemos la oportunidad de ir más allá del horizonte
socialista y de crear ese hombre nuevo sin el cual
toda la política no es más que otro episodio de
una eterna frustración.

Mi apuesta es grande porque mi angustia es
muy grande. No es tiempo de ahorrar hombres.
Es tiempo de refundar un nuevo momento de la
humanidad.

El jugador quiere reunir todo el prestigio
revolucionario de Cuba en América Latina para
encender, esta vez sí, su leña seca (la que no había
prendido en el Congo).

El enfrentamiento es total. El monstruo
seguirá vivo aunque le cercenes alguna de sus
colas.

Hubo pocos momentos de enfrentamiento
para esa tercera guerra mundial, sin la cual el
mundo seguirá en la miseria y la decadencia: la
crisis de Berlín, la guerra de Corea, Cuba en 1962.

Ahora sólo tiene sentido tentar la Gran Crisis,
que definiría a los comunistas en disolución a
alinearse en el único camino unitivo que queda: el
enfrentamiento final.

Comandante: tal vez si la máquina del café
hubiese funcionado, esta aclaración fundamental
acerca de por qué el hermano jugador quiere
seguir apostando, nunca se hubiera escrito...

LLEGÓ MARTA IRIARTE (TAMARA/TANIA). Bastó que bajase del auto de la embajada, con sus dos valijas y sus paquetes de compras en el *pro-shop* del aeropuerto de Orly, para que la casa de seguridad se encendiese, como si se aventasen todas las sombras de Praga. (La trajeron de la embajada escondida bajo una manta, en el asiento trasero del *Volga*.)

Nadie sabe quién es realmente ella. Por la urgencia con que la recibo piensan que es una emisaria de Castro. Mis guardaespaldas creen que es el comienzo de la acción. Sonríen.

—La señora Iriarte —dice el chofer—. Bajan las maletas y todos se vuelven a la embajada.

La estupenda señora Iriarte. Le emociona

verme, pese a mi disminución capilar. Porque estoy sin barba y con el pelo de Vázquez Rojas.

—¿Puedo abrazarlo, Comandante? —Y me aprieta con dos paquetes con delicias de aeropuerto. Queso camembert, dos latitas de *foie gras*, *marrón glacé*, vino de Bordeaux, dos botellas de champaña. —Con el pelo tan cortado, Comandante, usted es la mitad de usted —y se ríe estrepitosamente.

Pone los paquetes sobre la mesa, donde sólo se destaca el tablero de ajedrez con sus alineados protagonistas.

—¡Me he peleado en el aeropuerto! Querían decomisarme el champaña o cobrar un impuesto, no entendí. Intervino el chofer de la embajada. Una gritería.

Marta Iriarte se quita su suntuoso tapado, que le llega (como el capote de Stalin) hasta los tobillos.

—¡Me sacaron de quicio, Comandante, estos checos con su mirada de pájaro! Cada vez que paso por este aeropuerto o el de Pankow me digo: "Tania, ¡hay que vencer en la revolución de América, primero contra los milicos y los capitalistas; después contra estos bicharracos!".

Tania es como Robinson cuando alguien llega por fin a su isla de silencio. Mercy, que destacamos como su control, estuvo con ella en San Pablo y nos previno de su inestabilidad. Pero es una inestabilidad sana. Durante un año se creyó olvidada y cuando Mercy le comunicó su rango y su afiliación al Partido Comunista cubano, se puso a llorar de emoción.

Tania se saca el tapado. Lo echa sobre una silla y se queda con su silueta estupenda que uno no puede dejar de admirar.

Sé que Tania se acostó con casi todos sus controles, sus instructores, sus jefes directos e indirectos, sus enemigos y sus amigos ocasionales. Cada nombre que me dice me sugiere una connotación sexual. Fue seguramente Piñeiro quien le advirtió que su sexualidad germánica —entre los latinos— sería la mejor arma de su carrera.

Hay algo renovadamente fresco, puro, sincero, en ella.

Preparo mate y nos llevamos la pava a la galería del jardín, para evitar los micrófonos.

Tania hizo una tarea estupenda. Cumplió con creces la misión que le encomendé en La Habana. Se metió a toda La Paz en el bolsillo (o en la cama), incluyendo al general Barrientos, el Presidente. Se casó con un joven estudiante de buena familia y bien relacionado, y con eso consiguió la ciudadanía. Despachó al joven con una beca a los Estados Unidos para que se especializase en agronomía. Cuenta las cosas sin maldad ni cinismo. Tampoco agrega falsas penas o frases de disculpa. Es listísima. Pero absolutamente inestable. Tiene depresiones germánicas, con una veta judía, melodramática. Los controles lo descubrieron. La vida exterior que se inventó en La Paz, como antropóloga y personaje mundano, era una especie de monstruo falso, artificial, que, según Mercy, se volvió contra ella en forma de atroces depresiones y en un alarmante extravío de su sentido de identidad. No es algo extraño: vivir en una impostura o en una mentira termina por devorar lo verdadero que hay en nuestra personalidad. ¿No me pasa acaso con los Vázquez Rojas/Adolfo Mena/Ramón Benítez de mis pasaportes?

—¿Has tenido miedo? ¿Han sospechado de vos?

Tania está segura que no. La última barrera tuvo que haberla pasado cuando empezó a verse con el general Barrientos.

—Si algún Servicio occidental me tenía marcada, ése hubiese sido el momento decisivo para frenarme. ¿No te parece, Comandante?

—Tal vez no —le digo—. Tal vez un buen ajedrecista puede arriesgar la defensa del rey para completar su jugada de ataque... De ataque final.

—Siempre me aburrió el ajedrez —dijo Tania—. ¿Hay buenos ajedrecistas que ganen guerras como en un tablero de ajedrez?

Es increíble la cantidad de gente de todas las clases que pudo involucrar en sus manejos. Su informe me llena de optimismo. Cumplió mucho más de lo que podía suponer, sobre todo en sus contactos con los cuadros locales. Supo pasar por encima de los sectarismos de la izquierda, de las mutuas desconfianzas.

Todo lo que yo sabía por los informes parciales de mis enviados, en particular los de "Papi", se confirman con claridad.

Ha conseguido casas de seguridad y aguantaderos. Ha mantenido el trabajo por células independientes. Me describe Bolivia como un país con tradición revolucionaria (por los mineros que ya en 1952 se alzaron imponiendo un gobierno nacional y social).

Es brillante lo que hizo, y se lo digo. Exulta de alegría. En hoja aparte fui anotando el vasto esquema de conexiones, el nuestro, privadísimo, y el que compartimos con La Habana.

Me habla de las posibilidades de instalar campamento en el Alto Beni. Pero omito transmitirle mis ideas sobre esta complicada gestión. Le digo que compraremos dos o tres bases y que la elección final la haremos a último momento, por razones de lógica seguridad.

Habla mucho. Trata de adivinar mis pensamientos. (Pero por suerte ni yo mismo los tengo en claro.)

—Me va muy bien ser Marta Iriarte. Mejor que Laura Gutiérrez, la de Bolivia. Marta Iriarte fue un buen invento de Piñeiro para andar por Italia y la Argentina. Me da mucha libertad y me permite vestirme bien. Además me agrega un poco más de edad; más interesante, ¿no? —Se mira en el espejo. Se quita una chaqueta de colores y se queda con el pulóver blanco de cuello alto.

—No debiste permitir, Comandante, que

Piñeiro te fabricase una leyenda con el pelo corto; se te notan mucho los ojos...

Si fuésemos estrictos, técnicamente estrictos con ella, tendríamos que neutralizarla completamente. Le informo que antes de volver para las tareas decisivas va a tener que pasar por Berlín, por Pankow. No le gusta la idea. Pero lo acepta. No hace comentarios, pero por un momento se borra la sonrisa que trajo desde que entró.

—Comandante: ¡¡Vamos contigo a todas partes, a todo triunfo!! —Descorcha la botella de vino y propone un brindis. —¡Somos la gente del Che!

La miro.

—Sí. Somos tu gente. Sabemos o sentimos que querés ir hasta el final, hasta algo muy grande. Comandante, permitíme que te diga que en 1961, cuando nos conocimos en Berlín, sentí eso de vos. Masetti, o no sé quién, o Bustos, tal vez, me dijo que yo soy una desesperada. Se cuentan con los dedos de la mano los que sentimos que no se puede transar con este mundo. Son los que sienten que están en un túnel... ¿Te acuerdas, Comandante, del hotel de Berlín? ¿Era el Grand Hotel? Me hablaste de Aleida, de tus hijos. ¿Te acordás? No. No te acordás de nada. Yo te dije que hay mujeres para la vida y para la muerte. Te lo dije en alemán: *Frau zum Tod*. Me habías contado de tu madre. Yo te dije que ella había sido tu *Frau zum Tod*...

Tomamos unas copas del vino de Bordeaux e hice el llamado en clave, ya que la señora Iriarte tendría que volver con el mismo sigilo, como si en toda la tarde no hubiese salido del recinto de la embajada.

Revisamos una vez más el esquema de Bolivia. Los costos, las casas de seguridad, los terrenos de entrenamiento y los contactos. Sin que Tania lo supiese, todo se correspondía perfectamente con el infome que yo había recibido de "Papi" Martínez Tamayo.

En ese momento, en la luz indecisa de la tarde y mientras la señora Iriarte me contaba su vida en La Paz, sus estudios de arqueología y su erotismo subversivo, comprendí que la suerte estaba echada. Como otras veces, yo había estado "esperando a los otros". Ahora los otros ya caminaban en el sendero de sus tareas, como robots, sin conocerse entre ellos, y ya me esperaban a mí.

La señora Iriarte no sabía en qué medida yo corría riesgos con ella. El destino dirá si es una mujer de vida o una *Frau zum Tod*.

Me quedan dos días, antes de que parta, para confiarle el punto exacto donde quiero iniciar la última cruzada.

Tania habla y habla de Bolivia. De Barrientos, de su marido-no-marido, de los militares prepotentes y de sus fiestas y parrandas en el Círculo. De Monje y de los jóvenes disidentes del comunismo oficial boliviano, que quieren acción y no pueden aguantar la obediencia soviética de Monje. Me habla del Guevara del partido boliviano prochino ("Sabés, para distinguirlo de vos, le decimos el Tú Guevara." Se ríe con ganas y sigue.)

Fuerza del erotismo y de la belleza sexual: atraer, dominar, conducir. Carisma vaginal. Sus piernas maravillosas en los pantalones ajustados y las botas que parecen de antiguo oficial prusiano, abotonadas hasta la rodilla. Delirio y misterio de los botones.

Tanta externidad, tanta risa y palabrerío y por debajo una lágrima de tragedia.

Y por fin el auto de la embajada y se repite el procedimiento: el auto entra de culata por el jardín hasta la galería y ella, que tomó mucho vino, sube gateando y gritando miau-miau, se echa en el asiento trasero y el chofer la cubre con la manta escocesa. Antes de que le cierren la puerta tiene tiempo de hacer asomar la punta del pie y hacerlo vibrar en un último y cómico gesto de saludo.

Las cosas con Vázquez Rojas se complican. Los encuentros ante el espejo son cada vez más molestos para ambas partes. Hacía dos o tres días que no lo afeitaba ni le recortaba el pelo (estuvimos haciendo caminatas y ejercicios de entrenamiento en el bosque de Slapy), de modo que hoy estuve al menos media hora recomponiéndole la facha. Le dejé la cara bien lisa y le entresaqué el pelo y se lo corté, como se decía en la Argentina, a la "media americana".

Vázquez Rojas me mira con ironía. Será por la llegada de Marta Iriarte/Tania. Es como si me dijese: "No querés acordarte del Grand Hotel; de aquellas toallas blancas, gordas, calentadas en el radiador, con que ella te envolvía después del

baño de inmersión de dos horas". "Guevara: era
en 1961. Tú eras el triunfador. Ella, la traductora
que te puso Wolf, con sus costumbres de sereno
demonio. Y en el último día de la visita oficial les
pediste a los alemanes que la mandaran a Cuba.
En tres meses estuvo la chica allá. Entonces no
eras un moralista profesional..."

Le recorto el pelo de los laterales y le cargo las
cejas con esa tintura que me dio Eddy Suñol.
Vázquez Rojas adquiere esa normalidad burguesa
que le facilita la mediocridad y la seguridad de
morir en alguna clínica de Madrid...

No sabe lo que va a hacer con Rosevinge.

—Estás pololeando, como dicen los chilenos
tan chilenamente. Boludeando, Vázquez Rojas.
Con esas caminatas alargadas detrás de los pasos
de Kafka con su cara de murciélago y su
decadencia. (Bien prohibido que lo tienen.) Y él
me retruca:

—Guevara: lo peor para un dirigente socialista es la moral, jugar al juego de la ética.
Transformarse en un Catón. La primera libertad
que se pierde es la tuya (la libertad sexual en
primer lugar. Ya no te puedes decir: "Me quiero
tirar a Tania"). La moral hipócrita te arrastra. Sos
un Catón. Lo que más odia la gente es ese clima
de moralismo puritano impuesto por hombres
que se dicen revolucionarios...

Una vez que se le pintan bien las cejas a
Vázquez Rojas, perfectamente rasurado, queda
preparado para el asalto decisivo para no parecer-

se a Guevara: los lentes gruesos de carey y la prótesis en la boca que le deforma la cara. (Es lo que Guevara menos aguanta del disfraz. No bien se pone a escribir en el café —como ahora—, se la saca disimuladamente para estar más cómodo.)

—Guevara: el otro día le escribiste a Hildita, tu hija. Le dijiste que el destino de su vida debería ser el de revolucionaria. "Una gran revolucionaria por la causa de la liberación de América." ¿Quién te dijo, Guevara, que la vida de los humanos tiene que ser revolucionaria? Es imponer el sacrificio eterno. La sociedad burguesa, como te dije la otra vez, está más cerca de la imperfección moral, por eso es más humana. ¿Todos héroes, todos revolucionarios? Guevara: yo no sé si Tania es humanamente mejor que mi hija, que, según la leyenda que compuso Piñeiro, está en Montevideo...

Nos miramos en el espejo. Cada vez nos tenemos menos simpatía y respeto mutuo. Vázquez Rojas se afirma en la mediocridad de la "delicia de la vida burguesa". Aquellas comilonas de los domingos en la casa de Jorge de la Serna. ¿Qué hubiera sido el Che Guevara? Hubiera sido el Tú Guevara: golf en el Náutico. La especialización en alergias profundas en la Universidad de París. Las grandes comidas con platería peruana en casa de los Ferreyra. Chichina en la punta de la mesa. Proust, las películas de Bergman, la última novela...

Termino de recortarle las patillas. Bien media americana. Me mira desde el espejo. Me está diciendo:

—Tú con Tania. Yo con Rosevinge. Ambas corren de través y se cruzan: una quiere insensatamente ir al Este, al universo gris, con esas botas que se debe de haber comprado en la vía Condotti; y Rosevinge que corre hacia las ilusiones del Oeste, huyendo de este gigantesco, insoportable, bostezo socialista que vos querés imponer en todo el mundo. Encantadora, pero sin botas de la vía Condotti ni Chanel número 5.

"¿Qué pasa, Guevara? ¿No podés ser revolucionariamente sincero y decirte que te querés tirar a Tania otra vez, aunque ella se haya acostado con toda la nomenclatura cubana y con algunos de los guardaespaldas que tenías aquí y que despachaste hacia Cuba a tiempo, antes de que ella llegase? Cuídate de la razón, Comandante...

Vázquez Rojas canturrea *Valencia*, como es su costumbre. Le acomodo el pelo de los laterales. Está bien entresacado el cabello del medio.

Me gusta relajarme en este burgués sin cualidades. Me gustaría hablarle del Real Madrid y de Distéfano. Él sabe que yo comprendo su mundo. Pero él no puede comprender el mío.

—¿Se puede recomendar a un hijo que sea poeta? Los revolucionarios nacen, Guevara; no se fabrican en la escuela de *komsomoles* y pioneros... Son un instante, como cometas, como todo artista. Son imprevisibles. Más bien los produce la casualidad, como en tu caso. Imagina si nuestro viejo, don Ernesto Guevara Lynch, se hubiera despertado una mañana en Alta Gracia y te hubiese dicho como en la carta que mandaste a la pobre Hildita: "Tienes que ser revolucionario". Impensable, ¿verdad? El misterio del mundo y el misterio de cada vida. Por eso no puedes comprender el capitalismo. Te desespera que se mueva más cerca del misterio que de la razón... Te molesta que la economía capitalista esté más cerca del juego que de la geometría. Nunca entendiste la fuerza del mercado como expresión de un juego secreto de intereses y necesidades humanas. Acordáte de cuando eras ministro de Industria, cuando estabas en el Banco Central. ¡Qué torturas, Comandante! El profesor Vilaseca se tenía que levantar, el pobre, a las dos de la mañana y lo llevaban a ese fuerte espantoso, ese Escorial que te quedaba tan bien, llamado La Cabaña —que nunca dejó de oler a pólvora, a gritos, a sangre—, para darte lecciones de matemática superior. Lo esperabas tomando mate y a veces lo tenías hasta las seis de la mañana. Era cuando aprendías Economía con el horrible manual soviético. ¿No te pasó ante la Economía lo mismo que te pasó en el Congo ante la magia?

La insoportable insolencia de Vázquez Rojas. La insolencia de la resignación, la vulgaridad del escepticismo sistematizado.

—¿Te acordás de lo que les pusiste a tus chicos en la otra carta? "Crezcan como buenos revolucionarios. Estudien mucho para poder dominar la técnica que permite dominar la naturaleza. Acuérdense de que la Revolución es lo importante y que cada uno de nosotros, solo, no vale nada." ¿Podrías escribir de nuevo la última frase? Siempre anduviste solo, Comandante. Son los hombres solos los que cambian el mundo, como tú... Aunque no lo quieras reconocer. Pero ésa es la verdad.

"¿Qué vas a hacer con Rosevinge? Estás tan solo en tu "viaje de negocios" que no ves la hora de estar con ella. Claro, le hablás de España. Ella ve en vos una vida burguesa normal. El padre de esos hijos que podrán ser buenos mediocres, ingenieros, dentistas, enlatadores de sardinas. Ella ve en ti a un hombre calmo. Tu irritante sensatez para explicar a Franco y la reciente apertura de España. Le hablás de Montevideo y de su mundo de posibilidades para un joven que quiere instalarse. Le gustás, porque sos contenido, falsamente timidón, debidamente hipócrita. En suma: un hombre de bien. Claro, no jodés con nada que sea revolucionario ni se le parezca. ¿Qué? ¿Te la pensás tirar? ¡Sería el papelón del siglo! ¡Te veo pataleando en la cama del hotel Pariz, tratando de sacarte esos zapatos negros de predicador que te puso Eddy Suñol! Hoy me pegaste abajo con el tema de los hijos. Te pasás. Pero es porque en el fondo todo supuesto Abel tiene envidia de todo supuesto Caín...

HABLAMOS CON JON LEE ANDERSON en Buenos Aires. 1997. De las cinco y seis biografías que exaltan a Guevara a treinta años de su muerte, la de Anderson es la más completa. Aunque el género biográfico es más propio de la épica y de la consagración que del viaje hacia la intimidad del personaje.

Anderson acumuló una enorme cantidad de datos. Vivió en Cuba casi tres años. Revisó los archivos estadounidenses. Aleida, la viuda de Guevara, le entregó mucho material, o por lo menos se lo dejó leer.

—¿Pero sobre Praga, sobre esos cinco meses decisivos en Praga?

—No pude leer nada. Ni en Cuba ni en otra

parte. Pienso que ella los tiene muy guardados, por algún motivo político importante... Además, en Praga, con esos días interminables, no hacía otra cosa que escribir. Es probable que hayan llegado a Cuba cuadernos de notas sobre economía y política (preparaba por entonces sus obras completas y quería hacer anotaciones importantes sobre sus lecturas de economía), pero ¿y los otros cuadernos? Sus apuntes filosóficos. ¿Su diario? No es nada extraño que esas páginas, que eran su forma de autoanálisis y de autoconfesión —desde los tiempos de su adolescencia—, le resultasen comprometedoras y haya querido destruirlas antes de salir de Praga. También mantuvieron escondidos casi veinticinco años sus notas y el informe de la guerra del Congo...

Estamos con Anderson en el bar del Claridge. Es difícil hablar con él. Lo llaman continuamente para entrevistas telefónicas, ya que vino a presentar su biografía sobre el hoy mítico Che.

—Antes de conocer Buenos Aires (con éste es ya mi tercer viaje), no habría podido comprender a Guevara. Siento que estaba absolutamente ligado al estilo cosmopolita, inteligente, desarraigado de esta ciudad... Ahora me parece que nunca se fue de Buenos Aires.

—Eso se lo reconoce a María Rosa Oliver cuando lo visita en La Habana. "Nunca, ni en un momento dejé de ser argentino." Pero Cuba lo adoptó con los brazos abiertos. Se encontró al

frente de un país, con Fidel y Raúl Castro, y tuvo
que perfeccionar y definir sus impulsos e ideologías. De alguna manera tuvo que inventarse como
estratega, como marxista, como economista y como moralista... No es poco todo eso.

—En este punto creo que aparece con fuerza
esa esencia de la Argentina: aquí todo ha sido
producto de una decisión de querer ser. ¡Así
sacaron de la nada esta estupenda ciudad europea
donde estamos! De la nada, de la ilusión. De la
fuga hacia adelante. Y su compatriota, Guevara,
no hizo otra cosa que fugar continuamente hacia
los extremos del marxismo, del moralismo, de lo
militar... Repitió en el poder ese decisionismo
argentino. Esa voluntad que muchas veces se
confunde con la arrogancia. Eso se ve en su
famosa Columna 4, con los castigos y la disciplina
prusiana que quiere imponer a los guajiros.
Después, en el ministerio, esa voluntad de llevar
todo al plan racional, sin consideración por el
límitado "factor humano" (cubano). Yo pongo en
mi libro el diálogo de Guevara con Kruschev, en
su primer viaje a Rusia, cuando pretende que los
soviéticos edifiquen en Cuba una enorme planta
siderúrgica, ¡para producir un millón de tonela-
das anuales! Es desopilante ese diálogo. Guevara
siempre fuga hacia adelante y hacia los extremos,
y hacia arriba, hay que reconocerlo. (Alguien me
dijo, seguramente un psicoanalista, que en todo
asmático hay una impaciencia ante la realidad, y a
la vez una oculta envidia de la realidad...) Esa

"impaciencia" la mostró en todo momento, desde Sierra Maestra.

—Es como si hubiese querido superar sus inseguridades por los extremos.

—Para mí, el diálogo con el arquitecto Quintana, culpable de ser demócrata cristiano y de pedir información sobre un amigo detenido, es indicativo. Le dice Guevara al arquitecto en su terrible escritorio de La Cabaña, en los primeros tiempos de la entrada en La Habana: "Las revoluciones son feas pero necesarias, y parte de ese proceso revolucionario es la injusticia al servicio de la otra justicia"... Quintana le respondió: "A los que mueren no se les puede hablar de injusticia saludable"...

Guevara le comunicó a Quintana, en ese mismo momento, que lo echaba de Cuba. Si prefería quedarse lo esperaban treinta años de cárcel o el paredón...

"De la muerte propia a la muerte de los otros...

—Y a la vida de los otros, también. Seamos justos con su finalismo político...

—Me hubiese gustado haber explicado en mi biografía esa "génesis de una moral urgente y revolucionaria" que pergeña Guevara entre la Sierra Maestra y La Cabaña. Y también la consolidación de ese modesto marxismo de librepensador amigo y luego esposo de Hilda Gadea... Lo cierto es que aquí se nota el extremo: en el año decisivo de 1960 él es el que afirma la Revolución con los comunistas cubanos. El movimiento revolucionario universitario no pasaba por el proyecto comunista. Desde los primeros tiempos del triunfo revolucionario mis compatriotas, los estadounidenses, tienen ubicado a Guevara como el entusiasta del marxismo y de la prosovietización. Como usted ve, otra vez la fuga hacia el extremo. Castro era siempre más cauto, más político.

"El Rubicón lo pasan con la instalación de los misiles nucleares. La crisis de 1962. Guevara cree que es un buen paso. Y luego, cuando la crisis se produce y Kruschev retrocede ante la determinación de Kennedy, Guevara insta a que se llegue al extremo, al enfrentamiento nuclear. Esos días significaron su "extremo del extremo".

Anderson es irremisiblemente estadounidense. Es un profesor "honesto". Vive en Granada. Es feliz, casado, padre. Saludablemente ajeno a los demonios y ángeles de la latinidad. Mientras habla frente a su segunda taza de café y cuando lo espero mientras responde a una larga entrevista de un diario de Canadá, pienso y siento que llega el fantasma de Guevara y trata a Anderson como hace treinta y cinco años trató al arquitecto Quintana, con una amenaza de muerte.

Anderson es un exponente de la razón estadounidense: ¿Por qué Stalin, Mao, Nasser, Perón, Castro, De Gaulle, Evita, Malcolm X, Tito, Arafat, el Che Guevara?

¿Por qué el mal en vez de un mundo equilibrado con elecciones cuatrienales y una sensata política de mercados?

Anderson regresa de la cabina telefónica.

—Hay mucho interés en Canadá por Guevara —me informa—. Es increíble el poder de Guevara como símbolo mundial.

—¿Símbolo de qué? ¿Qué es lo que representa el *logo* Guevara, con su boina y esa extraña mirada capturada por el fotógrafo Korda, en un lejano mitin en La Habana?

Anderson me mira perplejo.

—Es el espíritu de rebeldía —me dice—. Puede que se trate de algo inmanente a la condición humana.

Para el buen sentido de Anderson, la rebeldía sería una etapa final de la infancia del hombre. (Del hombre previo al llamado "fin de la Historia".)

—Alguien reclama el símbolo, alguien necesita esa boina con esa estrella, incluso en el atroz orden de Toronto o de Houston —le digo.

Anderson está incómodo. Prefiere seguir en el campo documental y analítico.

—Guevara fue el gran entusiasta de que Cuba se agregase al campo socialista. Desde el primer viaje. Su primera declaración en este sentido data de nueve meses antes que las del mismo Castro. Sin embargo, desde ese primer viaje a Moscú, Guevara y sus amigos cubanos observaron la subestimación que les mostraban los jefes soviéticos. Los expansivos cubanos gritaban en la calle, reían, pretendían abrazarse en la calle Gorki o en la Plaza Roja con los hermanos soviéticos (que huían aterrorizados de verse involucrados con extranjeros, aunque se dijesen comunistas). Los negros, mulatos y guajiros cubanos y los estudiantes sudamericanos de la universidad Lomonossov cantaban y bailaban *Guantanamera*. Los rusos, con sus gorras y sus abrigos grises, se escabullían pensando en las extensiones heladas del Kolima... Sí, de entrada, Guevara y sus amigos se dieron cuenta de que el universo soviético estaba aterido de miedo siberiano...

"Desde ese momento, es justo decirlo, seguramente comprendió que su destino no era sólo la revolución sino "la Revolución en la Revolución", como escribió Debray...

—¿Cómo se definió el sovietismo, el ingreso en el campo socialista?

—Creo que hubo una idea de modernización. En tiempos de Batista, Cuba era un país más poderoso industrialmente que lo que suele afirmarse. Habría un país interior, de guajiros, negros y mulatos analfabetos y una gran masa al servicio dependiente y prostibulario de un poder económico dominado por los Estados Unidos... Castro comprendió que al desarticular la maquinaria azucarera, turística, Cuba quedaba a la deriva (sin la economía de burdel que pudiera sostener la "vida moderna" de la minoría urbana). Aunque hoy pueda parecer increíble, ellos confundieron, en el caso de la Unión Soviética, poderío con modernidad... Pensaron que Rusia iba a ser el camino de una modernización tecnológica...

"En esa etapa, Alexeiev, a quien usted conoció en Moscú, fue el gran agente de gestión soviética sobre Guevara. Luego Raúl Castro y en tercer lugar Fidel Castro fueron aceptando la transformación "marxista-leninista". La tradicional torpeza de la diplomacia de mi país hizo el resto... Pero desde entonces, después de la crisis de los misiles, Guevara empezó a incubar la idea de una fuerza revolucionaria continental, pensando en el norte argentino...

—¿Era una idea personal?

—En todo caso una determinación absoluta. Creo que incluso pensaba y actuaba buscando el apoyo de Castro, pero no necesariamente su complicidad absoluta y total con esa especie de idea de "solución final revolucionaria" que sentía como el único destino posible para América Latina.

—¿Cómo se organiza?

—Es cuando crea su grupo privado, con predominio de los argentinos. Él se entendía con los argentinos. Ya en ese entonces aparece el tema de Bolivia como base de instrucción y de acción continental, cerca de la Argentina... Era el grupo fundacional, con Masetti y Bustos; después, como carta secreta de Guevara, Tania, también argentina. Era su revolución en la revolución. ¿Sabe cómo le llamaba a ese movimiento? Operación Sombra, por el libro *Don Segundo Sombra*. Masetti era el "Comandante Segundo"; Bustos, "Laureano" (personaje literario), y él, el jefe, se llamaba naturalmente Martín Fierro.

"Se crearon su propia clave. Todo eso en 1962, después de las terribles discusiones con los soviéticos, por causa de los misiles.

"Consiguen entonces que Cuba gestione ante los checos una base de entrenamiento en Checoslovaquia. ¡Quiere decir que a fines de 1962 hicieron un primer intento similar al de la segunda gran estadía en Praga, en 1966! Claro que sin Guevara personalmente...

"Masetti y Bustos y algunos cubanos se instalaron en la zona de Slapy, cercana a Praga, en el invierno de 1963. Hacían marchas disparatadas de veinte o veinticinco kilómetros sobre la nieve (preparándose para el subtrópico boliviano). Se metían en zonas militares sin autorización para probar su armamento. Tuvieron incidentes con el ejército checo (que se repitieron tres años después, en 1966, antes de la partida de Guevara y sus hombres hacia Bolivia).

"En fin, todo muy extraño en ese operativo Segundo Sombra. En diciembre, abandonados en ese hotel siniestro de los lagos de Slapy (donde estaban sólo esos argentinos que se decían becarios cubanos). Muertos de frío. Pese a las indicaciones de su jefe en Cuba, Masetti, que era de pocas pulgas, ordenó un retiro estratégico típico de los argentinos: ¡se fueron a pasar el 31 de diciembre a París! Una semana de fiesta en el hotel d'Orsay. Louvre, comilonas. Desde allí Masetti se largó a completar la instrucción militar de su grupo en Argelia y de allí al norte de la Argentina, a la provincia de Salta, donde él y todo el operativo Segundo Sombra acabarían exterminados por la gendarmería argentina.

"¿Conocía usted estos detalles, tan paralelos a los hechos que tres años después se repetirían también en Praga? —me pregunta el documentadísimo Anderson.

—No así.

—Después del desastre de Masetti, Guevara cae en una fuerte depresión. Lo quería mucho. Pero no ceja en su revolución personal e independiente: moviliza a Tania, también sobre Bolivia, y manda a Ciro Bustos a la Argentina, incluso a Salta, para tener un pie de acceso a su país, una vez que se inicie la campaña de Bolivia... Reclutaba gente casi sin importarle sus cualidades. Estaba en su omnipotencia, en su *Dawa*: ¡cuando él llegase todos estarían con él, como cuando entraba en los bailes de Chichina Ferreyra, en la estancia de Malagueño!

CON VLÁSEK. EN PRAGA. Conseguí sacarlo de su cocina siberiana. Lo invité a almorzar en el restaurante Parnás, en la avenida Smetana, sobre el Ultava. El Parnás conserva el siniestro encanto de los años stalinistas. Era un restaurante para miembros de la Nomenklatura y para funcionarios extranjeros de visita. Aunque conserva el tono artdecó de tiempos anteriores, de los años de Masarik. Hay un piano en un rincón donde un pianista necesariamente melancólico toca valses vieneses. Exactamente a la hora convenida apareció Vlásek, surgido de su valle bucólico entre la colina de Barrandov y los altos de Motol. Estaba vestido con un traje gris de sus tiempos oficiales y con una corbata solemne pero ya vagamente desteñida.

—Un lugar bastante famoso —dijo Vlásek—. Le agradezco la invitación. Ya les perdí la costumbre a estos lugares. Aquí vino alguna vez su compatriota, creo recordar, con aquella mujer exuberante que no sabíamos que iba a ser la hoy famosa Tania...

"Creo que lo seguimos. Creo que estaba en aquella mesa de la punta, cerca del piano. ¡Qué trabajo terrible nos daba aquel personaje! Creo que le gustaba este lugar. Vino más de una vez, si mal no recuerdo.

Vlásek tiene manos pálidas, huesudas, sarmentosas. Lee el menú con extrema atención. Su mirada de pájaro es gris. Sin destello alguno de humorismo o ironía. Elige un menú italiano. Acepta el vino tinto, Rulander, que le propongo. Y mira hacia la calle donde transcurre ese nuevo mundo, de la dictadura liberal, con sus disimulados venenos de desorden y novedosos sistemas de injusticia, imbecilidad y explotación. Pasan jóvenes con el pelo recogido en forma de cola de caballo y con aros en las orejas. Decenas de turistas en grupos, tonteando por los bordes de la inaccesible Praga mágica y profunda. Un turismo de zapatillas calientes, blusas de colores chillones y salchichas comidas en la calle.

—No sabíamos que esa mujer iba a tener importancia histórica. Nunca se sabe. Guevara se movía en forma inexplicable. Nada de lo que hacía nos parecía serio o respetable. Hay una especie de "racismo cultural" europeo, usted me entiende...

—Quiero agradecerle, antes que nada —le dije—. Si no lo hubiese conocido, no me habría interesado por mi famoso compatriota. Estoy seguro de que los Cuadernos van a interesar. Tienen apreciaciones curiosísimas, inesperadas. Es la escritura del ocio, no el eterno parte de acción de otros diarios. Si Guevara hubiese sobrevivido, sería escritor.

—Bueno, ahora el escritor es usted. El escritor es quien da la voz a los otros, ¿no? Lo que no se escribe deja de existir. Vea, señor Posse, lo que está pasando aquí, en estos países que tenían un objetivo, una dirección, un lugar histórico... Nuestros jefes desaparecieron de la escena en silencio. Sin testimonio. ¡Sin defenderse! Sólo silencio. Ni siquiera están encarcelados; son fantasmas silenciosos, como si tuviesen vergüenza de lo que defendieron y crearon durante ochenta años. Algún día se escribirá la versión de los fantasmas, de los vencidos... Ahora es el tiempo del silencio y de la mentira.

El pajarraco Vlásek tiene, para mí, la simpatía de lo vencido, lo *kaputt*, lo derrotado. Hay un vaivén de la moda y del sentido del bien y del mal. Él sabe, y lo asume con cierta resignación que hace presumir una sabiduría. Le toca el cono de sombras de la historia. Se los acusa de criminales históricos. Simplemente, su "mal" pasó de moda. Ahora está de moda el mal estúpido de los rockeros y el liberalismo que oculta el más salvaje mercantilismo. Por debajo, como siempre, la irritante docilidad de la masa. Desde la ventana del restaurante Parnás vemos a dos suboficiales rusos, con vaqueros, que en la baranda de piedra del viejo puente sobre el Ultava han desplegado gorras, insignias, capotes, dagas y botas del Ejército Rojo.

Vlásek toma una pequeña carpeta de cartulina y antes de que traigan el postre me dice:

—Dado que su famoso compatriota sigue dando que hablar y que a usted le interesa especialmente, he preparado el esquema de la situación política en que se estaba en los tiempos de Praga, ¡hace veintiocho años! Parece increíble. Señor Posse: se trata de 1966, año en el que, creo recordar, usted dijo que viajaba hacia la embajada de su país en Rusia. El mundo entraba en una etapa que entonces no podíamos reconocer como decisiva: 1967, 1968, son años intensos y decisivos. Claro, nadie, ni mucho menos yo, podía haberlo pensado entonces. No veíamos que la cotidianidad ocultaba transformaciones decisivas. Y pensé el otro día, cuando estaba a solas arreglando mi jardín, que, pese a la impaciencia que causaba el estilo del señor Guevara, debo ser honesto y decirle que inmediatamente después de su muerte, en 1967, sentí que ese hombre había estado luchando contra gigantescas fuerzas. Con una soledad admirable, de loco o de genio. Debo decírselo.

"Cuando estaba preparando su aventura boliviano-argentina, recibimos una orden de nuestro gobierno. Una "directiva" acerca de los movimientos revolucionarios, grupos de acción, etc. Los rusos temían en ese momento más a los revolucionarios de izquierda, como Guevara, los argelinos, los indonesios, que a las fuerzas de acción de derecha. Era la doctrina del Politburó soviético que ya difundían como una ordenanza a los "partidos hermanos"; los rusos sancionaban todo lo contrario de lo que pretendía Guevara: exigían que toda acción militar antiimperialista se concentrase exclusivamente a través de ellos. Si se observa bien, ese documento decretó el fin de la revolución socialista mundial. ¡Los soviéticos elegían el fin de su Lenin, de su Stalin! Esto significaba para Guevara corroborar sus ideas sobre la conducta de los rusos con Cuba. Todos sus diálogos y estrategias con Alexeiev y Mikoyan fracasaban, tal como siempre lo había presentido.

VLÁSEK DEMUESTRA HABER SUCUMBIDO a la fascinación de Guevara, el seductor. Se esmera en destacar la curiosa y osada diplomacia personal de Guevara con los chinos, tal vez su máxima y más ingenua apuesta.

Me dice:

—En esa época nuestra vigilancia sobre Guevara y su gente nos demostró que recrudecía su interés por China. Hemos llegado a saber, leyendo informes de otros servicios, y revisando el panorama general de sus movimientos de entonces, que sus esperanzas de convencer a los chinos eran tan empeñosas como disparatadas. Parece que, desde su primer encuentro protocolar con Mao Tse Tung, éste sólo lo tenía en cuenta para el saludo. Le tendió una mano fláccida, apenas tibia. Guevara creyó que el lenguaje marxista era una verdad universal. Lo ensayó frente a Chu Enlai y Liu Chao Chi. Pensó que los chinos, con su estrategia de atacar la cultura de las ciudades desde los campos, lo iban a considerar un vecino ideológico.

"Hizo también una diplomacia personal (si esto puede decirse así) con los chinos. Esta vez pensando que la oposición de los chinos con los soviéticos tenía una raíz parecida a las diferencias de los cubanos. En cada ocasión, ante cada problema, se creaba su grupo leal, integrado por los que creía que comprendían su angustia. En China fue Chu Enlai la persona que él creyó que lo interpretaba y con quien podía tejer una complicidad.

"Hizo un viaje en febrero de 1963. Nos consta que nos acusó (al bloque prosoviético) de pacifistas, pequeños burgueses y desinteresados de lo que él llamaba la batalla latinoamericana. Y cuando en 1965 se largó al Congo pensó que lo que para Castro sería un ejercicio para formar cuadros combatientes, con el apoyo chino (China hacía sus gestos de presencia en el África negra) podría encender esa soñada gran hoguera. El apocalipsis al alcance de su boina.

"Nosotros tenemos registrado un viaje secreto que hace Guevara desde El Cairo, forzando combinaciones de aviones, para tener un encuentro decisivo con Chu Enlai y obtener el apoyo franco.

"Fingió que se quedaba en Assuán, fraguó cartas posdatadas para mandar vía Cuba (un saludo a su tía por el cumpleaños, aunque parezca increíble) y se largó a Pekín en el mayor secreto. Hecho que los cubanos nunca reconocieron o que tal vez no supieron, lo cual me resulta personalmente difícil de creer.

"Fue la gran desilusión. Dicen que tuvo un tremendo ataque de asma causado por la discusión con los chinos, pero no obtuvo el apoyo que deseaba. Aquí, en esta ficha, le señalo las fechas probables de viaje. El anterior es del 3 de febrero de 1965; éste sería alrededor del 6 y el 8 de marzo de 1965. El 1 de abril de ese año viajaba al Congo para ponerse al frente de la guerrilla. No entendía nada de los chinos...

—¿En qué sentido?

—Los chinos sólo se atienen a su universo, a su cultura, al Imperio del Medio, el Celeste Imperio... Todo el Occidente, incluido el marxismo, les parece despreciable. En 1967 se consolidaba la gran separación soviético-china. Pero no por las "razones revolucionarias" que podía imaginar Guevara. Estaban divididos por problemas ancestrales, históricos, de una naturaleza que nada tenía que ver con la lógica marxista-leninista.

"Además, un hecho decisivo: Mao no pensaba en ninguna revolución exterior a China; pensaba nada menos que en la revolución interior, con la Revolución Cultural, que acabaría con el viejo comunismo chino y con todo internacionalismo comunista. (Adiós Dostoievsky, Beethoven, Mozart, Goethe, ¡todos delincuentes culturales! Esto no es broma: ¡era la definición de China como cultura de Oriente...!)

"Pero Guevara creyó hasta último momento. Desde el Congo, en octubre de 1965, cuando está ya vencido, ¡pide ayuda a Chu Enlai! Chu le recomienda dejar en todo caso una base guerrillera para el futuro... Se desentiende del tema.

"Pero ésa no fue la peor desilusión. Sabemos que en algún momento Guevara creyó que sus gestiones de diplomacia con Chu Enlai iban a llegar a algo concreto, pues mientras su lugarteniente Ciro Bustos estaba reclutando guerrilleros argentinos, fue sorpresivamente invitado a China, como segundo del Che. Los argentinos se imaginaron que, si obtenían un sólido apoyo, militar y económico, la teoría del Vietnam decisivo, del incendio final, se transformaría en realidad... Bustos fue recibido con todos los honores. Se le prometió un pacto de ayuda y un eventual sostén logístico. Finalmente un viceministro le extendió el proyecto de una declaración conjunta en la que Guevara y su ejército guerrillero acusaban a Fidel Castro y a los soviéticos como "aliados del imperialismo". Era una torpeza: sólo querían usarlos en el juego antisoviético, en la lucha interna contra los rusos.

"Esto fue, lógicamente, la más tremenda desilusión. Guevara corría por el mundo por su idea de redención y enfrentamiento decisivo y sólo encontraba el lenguaje de los fríos intereses políticos. Pobre Quijote, ¿no?

Vlásek me mira. En el pajarraco creo distinguir un destello de admiración. Señala con su dedo lánguido y huesudo las anotaciones.

—Quería mostrarle estas conexiones. Las claves de esos dos años en que los rusos demostraron que por Cuba no iban ni a la guerra nuclear de la "crisis de los misiles" de 1962, ni a la mínima guerra de guerrillas en ese borde olvidado e insignificante del mundo que se llama Bolivia. En 1967 los chinos se preparan a dividirse para siempre de la "abominable cultura occidental". A Guevara sólo lo sostiene la fidelidad a toda prueba de Castro, que le renueva una y otra vez "la mecha y la caja de fósforos que necesita el incendiario", como decía Guevara en broma. Y le quedan, claro, la esperanza y el mito revolucionario de América Latina. ¡Qué años! Se gestaba, para Occidente, ese 1968 en el que el pobre mundo occidental mató a su padre. ¿Desde entonces qué? Véalo hoy en Praga: manadas de pederastas melancólicos, chicos del liceo echados en los puentes tomando vino a las tres de la tarde, toda una juventud harapienta, ¡una juventud suicidada antes de morir! Parricidas que se matarán a sí mismos al poner la bomba. La nada. La simpática mierda occidental. La libertad para la nada. Y claro, el triunfo de los comerciantes internacionales y los mafiosos.

"Pensándolo bien, ¡tal vez su amigo vio mucho más lejos de lo que pensamos o podemos suponer treinta años después!

IRRUMPE YOLANDA, en Praga. En uno de esos juegos de la memoria, que exhuma la realidad del laberinto del pasado. Estaba yo distraído (yo, Vázquez Rojas, en mi disfraz de apacible burgués), tomando una taza de té en el bar del hotel Europa. Hubo un movimiento de turistas vietnamitas y tal vez mongoles o laosianos. Me quedé mirando a una chica oriental, que esperaba el burocrático turno para recibir su número de habitación, y con sobresalto comprendí que estaba ante Yolanda, casi veinte años atrás. Era esa fina cara ovalada, sus labios bien marcados y grandes, sus pómulos, sus cabellos negros, lacios. Desde el ilusorio olvido se corporizaba Yolanda, la leprosa. Yolanda en Praga. Cuando intenté acercarme, el grupo ya se dispersaba escaleras arriba y yo me conformaba creyendo que no era Yolanda, que había que ser realista y que se trataba sólo de una turista vietnamita o laosiana.

En mi viaje en bicicleta, en el tórrido enero de 1950, por la provincia de Córdoba fui hacia el leprosario donde mi amigo Alberto Granado estaba a cargo de la farmacia. En San Francisco del Chañar.

Yolanda tendría diecisiete años. Usaba un vestido enterizo de hilo liviano que la cubría desde el cuello hasta la media pantorrilla (no quería mostrar la mancha de la espalda ni la de la pierna). Granado me organizó un modesto cóctel con los leprosos.

La bellísima Yolanda (a quien llamaban "la China") se me acercó.

—Sé que usted también es médico. Estoy desesperada; mi familia firmó la autorización, pero yo no soy leprosa.

Aquella chica tenía el más estupendo cuerpo que podía imaginarse. Y, en efecto, tenía una delicadeza de mujer oriental y un intenso brillo, como irónico, en sus ojos. Algo en ella inquietaba.

—No soy leprosa, créame. Pero me volveré leprosa...

Me encerré con Granado en la enfermería y leí la ficha clínica de la chica. Me pareció leer que no había nada absolutamente concluyente. Granado protestó ante mi supuesta ingenuidad.

—No sólo es leprosa sino que tiene que estar

aislada en dormitorio individual. Está en una etapa peligrosamente contagiosa.

En el cóctel de los leprosos, Yolanda se movía colaborando con las enfermeras en preparar las bandejas. Mientras algunos bailaban, Yolanda se me acercó con un gran vaso de *bitter* con hielo. Se aferraba, caminaba por una alta y estrecha cornisa. No quería ser definitivamente incluida en el elenco del leprosario. Pensé y sentí que, si ella rechazaba la evidencia de la enfermedad definitiva y mortal, vencería.

Ella había bebido de su copa. Se la tomé de la mano y brindé y bebí un largo y confiado sorbo.

Y sentí allí, a los veintidós años, lo que experimentaría tantas otras veces: que me estaba jugando por una intuición, que me zambullía hacia el riesgo con un indeclinable placer.

Granado nos interrumpió furioso. Dijo que ella siempre trataba de engañar a los visitantes. Nos obligó a acompañarlo a la enfermería. Allí le pidió a Yolanda que me mostrase la gran mancha de la espalda, pero descubrí, mientras rodaba el escote hasta la cintura, sus increíbles y tan firmes senos respingados. La luz y la lupa mostraban una piel calcinada. Granado la auscultó con un tubo de agua caliente. Había zonas insensibles. Pero le discutí que podría tratarse de una forma de psoriasis, tal como alegaba Yolanda en su desesperación. (La cintura de Yolanda era estrecha y se abría por la espalda como vida pura e irresistible que se anegaba enseguida, en la terrible mancha. Sentí que me hubiese gustado apretarla allí mismo contra mí, aprisionar esos senos.)

Granado recurrió al extremo: tomó una larga aguja hipodérmica y la hundió en la mancha. Yolanda mintió que sentía la tibieza de la ampolla de agua caliente. Para Granado aquello era la prueba decisiva. Me miró esperando mi sensatez.

—No, yo no creo que Yolanda tenga lepra. Yolanda tiene razón en no creer...

Se oyeron los aullidos de indignación de Alberto, que pareció escapar de la enfermería hacia el monstruoso baile de leprosos.

Yolanda apenas se volvió, agradecida tal vez. Aferrándose a la esperanza, quizás. Y en la penumbra donde ardía el mechero Bunsen, me pareció ver ese extraño destello último, casi irónico, que algunos estudiosos de la psicología del leproso atribuyen a cierta perversidad.

No vacilé en ir al extremo que tanto han acusado en mí. Impedí que se abrochase el vestido, la besé con inigualado ardor y nos quedamos en la más justificable lucidez erótica hasta el amanecer.

Yolanda, la leprosa, me había necesitado para reconstruir su esperanza y su fe. Reforzada por esa noche de sexo y amor con el muchacho que le había gustado, empezaba a derrotar la lepra.

Tal vez lo más probable era que nadie pudiera vencer la lepra.

Yolanda había entrado en el *foyer* del hotel

Europa de Praga. La mancha aquella no había devorado los inolvidables senos hasta hacerlos caer como carne maloliente.

O seguramente no. No era Yolanda.

Y me quedaba sin saber qué, si la destrucción o la fe, había triunfado. En todo caso yo jugué claramente mi parte...

En el maravilloso abrazo ella había descubierto la voluptuosidad del amor carnal y, a la vez, la confirmación casi inesperada para hacer renacer su agónica esperanza. Si yo me había dado a ella, ya eran dos los que no creían en el triunfo de la lepra con su irremisible corrupción.

¡Y dos son un pueblo cuando se trata de enfrentar la muerte!

APUNTES DE PRAGA. Por fin, después de estos meses siberianos, un asomo de la primavera. Hay un reflejo verde en los árboles todavía grises que bordean la costa opuesta del Ultava. Al mediodía, del lado de la Plaza Vieja, un inesperado viento tibio. Reencuentro Praga después de dos días, pero casi después de una semana sin escribir mis notas. En París la primavera estalló con un mes de antelación, cuando aquí todavía nevaba en los montes Tatra.

Todo progresa. Todo se prepara. Mis ayudantes locales organizan los entrenamientos que el fin del frío intenso hace posibles. Compran material. Parece que nos pemitirán usar un campo militar ("para entrenamiento deportivo"). Alegría de mis hombres que sienten que la nave varada en los hielos invernales empieza a reflotar. Buen resultado físico ante el exigente profesor Sadak. Estoy sano, salvo lo que tengo de incurablemente enfermo...

—Ya con su edad, va a tener que adaptarse a una vida definitivamente tranquila —me dice con esa inocencia siempre irreal que tienen los médicos en todas las latitudes: la gente no puede o no se quiere curar—. Buen peso —dice el doctor Sadak—. Por lo menos en ese campo usted ha progresado mucho. ¿Cuándo piensa reincorporarse a su empresa?

Vázquez Rojas es tomado sin las prevenciones habituales:

—¿A qué empresa se refiere?

El doctor mira desconcertado. Vázquez Rojas lo tranquiliza de inmediato. Le habla de la gran carpintería en Montevideo y de la posibilidad de instalarse en Madrid para intentar el negocio de muebles de oficina. Había olvidado que ya le había hablado en la primera visita.

Al salir del hospital de Hradeck Kralovy, Guevara siente envidia del futuro virtual de Vázquez Rojas. Es una rara sensación. Es como abandonarse en un tibio colchón de plumas. No estar urgido por dificultades y desafíos autoimpuestos desde una visión descabellada. Vázquez Rojas se encontrará con sus hijos, en Madrid y en Montevideo.

La maquinaria que lancé ya me lleva. Después de Tania, llegó el emisario desde Buenos Aires.

Martínez Tamayo tiene todos los contactos en mano. El Partido Comunista de Bolivia tendrá que aceptar, o no, desobedecer a los soviéticos. El sector prochino está dispuesto a impulsar el llamado a la acción. Los mineros se plegarán. Lo más importante es el grupo de los verdaderos revolucionarios bolivianos, dispuestos a desobedecer al Partido y a su jefe, Monje. Tienen mucho prestigio. Los reunió en Alemania Raúl Quiroga de la Vega. Van los Peredo, Daniel, Arturo, Inti, Vázquez Viaña.

Siento que ya durante las noches el cúmulo de detalles, los movimientos de los agentes, las dudas y los planes me acortan el sueño. Rara es ya la noche en que no me despierto con mis bronquios silbadores entre las cuatro y cinco de la mañana.

¡Rocinante, se acerca la próxima salida!

TRAICIONÉ A VÁZQUEZ ROJAS. Tuve que viajar a París para probar la leyenda con la que tendré que cruzar las próximas fronteras. La de Ramón Benítez Fernández. Será mi nombre de viaje antes de cargarme todavía quince años más y ser Adolfo Mena. (Confío en que estos fantasmones inventados por Piñeiro y Ramiro Valdés anuncien la larga vida que muestran con sus lentes y tantas canas. ¿Llegaré realmente adonde ellos ya están?)

Nos afeitamos después de varios días sin vernos. Arreglé el pelo, la prótesis y el color de las cejas y fue apareciendo en el espejo Vázquez Rojas, mi confidente —no sé si tan amigo— de Praga. (Ramón Benítez tiene una cara más enérgica, aunque igualmente burguesa. Es un rostro intelectual, de profesor de izquierda argentino, de esos que van a Cuba a enseñar revolución. O podría ser un joven ejecutivo de empresa endeudada. Personaje de Onetti... En todo caso tiene un tono menos amable y humano que no invita a las reflexiones y charlas de *toilette*. Se ve que extrañaba a este Vázquez Rojas.)

Me mira con cierto sarcasmo.

—Comandante, la vez anterior habías estado sólo veinticuatro horas en París. Te habías quedado con las ganas... Fuiste a comer pizza al bulevar Saint Michel, te atosigaste de Louvre... La señora Marta Iriarte tuvo una buena idea. ¿Cómo te ibas a largar a la nueva batalla sin controlar tu disfraz, tu leyenda, en un país policialmente tan prestigioso como Francia?

"Supongamos, sí, que fue Marta Iriarte. Sabe leer los deseos de los hombres. Debe de haber dicho algo típico de ella. "Ya que vamos hacia lo máximo, por qué no hacer una concesión a lo mínimo." "Ya que tienes que probar la eficacia de tu disfraz, ¿qué tal París?"

Vázquez Rojas asiente sin perder el brillo de ironía. No es tan moralista como Guevara, que con el tiempo se fue creando entre los tropicales una imagen de implacable Catón. (Guevara tiene asco por la indisciplina de campamento: la risotada, las bromas pesadas, los pequeños robos de privilegio, faltas en el comportamiento militar...) Pasados los años se fue construyendo otra soledad: la del celador temido, la del juez permanente. "Tres días de plantón en el calabozo y sin comer." "Irás al frente de combate desarmado; ¡tendrás que conseguir el fusil del primer enemigo que caiga!"

Maquiavelo decía que hay que ser temido o amado, que nadie puede quedarse en el medio, que no hay príncipe que resista a quedarse en el medio.

Guevara aspiró secretamente a ser amado y temido. A veces, por la exaltación de sus seguidores, piensa que lo logró.

Pero lo seguro es su soledad. Forma retornante de aristocratismo, de desprecio por lo vulgar.

Vázquez Rojas me sigue mirando por el espejo.

—Bueno, sí. Puede ser que ella haya tenido que pasar por Berlín Oriental. Con escala en París para el retorno hacia Bolivia. Es posible que Tania haya dicho algo así: "Comandante, ¡vamos, anímate! Si vamos hacia la gloria de la muerte, por lo menos despidámonos de la vida donde la vida vale la pena. A los dos nos gusta París...".

Tenía razón. Si no hubiese caído en aquella Guatemala y en la sucia destitución de Arbenz, habría terminado en París. Cursando el doctorado en la Ciudad Universitaria. Y Chichina Ferreyra preparándose para ese viaje. Para ese viaje, sí.

Puede ser que Tania hubiese llamado en clave desde Berlín para decirle que el "señor Benítez" tiene vuelo reservado desde Praga. Llega a Orly a las 13.30. El hotel se llama Madison, en el bulevar Saint Germain...

Después de tantas discusiones y el frío de las caminatas por la niebla de Praga, el pobre Vázquez Rojas se quedó sin lo mejor. Lo bueno le tocó a Benítez, al otro pasaporte, que además no tiene problemas morales mayores, es uruguayo y soltero...

Seguramente en ese hotel Madison había una buena bañera y el Comandante se pudo tender a leer un par de horas los libros que había comprado en la *rue* Bonaparte. No podía haber mejor fin para esa larga tarde. El Comandante tiene algo de sultán adolescente, de niño mimado por tías incondicionales. Le gusta que le jabonen lo pies y las pantorrillas mientras sigue leyendo o pensando, sumergido en el líquido amniótico de la bañera.

Guevara se acerca imprudentemente al universo sedentario. El universo del placer personal, de la delicia. Pero lo que no podrá entender nunca Vázquez Rojas es que ese momento, si se prolonga, se transforma en tedio. Guevara recuerda esa obsesión privada que es Baudelaire. Su sensualidad condenada por el eterno retorno del hastío. (Se compró en la librería el *Baudelaire* de Sartre y una edición de bolsillo de los poemas.) En el rincón de la izquierda de la librería, el rincón de las revistas, vio su propio rostro. Fumando un habano, con boina y uniforme de fajina, rodeado de teóricos revolucionarios franceses de visita en La Habana. No recordó la escena. En otra revista lo trataban casi como a un muerto. Alguien arriesgaba su necrología. Elogiaban su autenticidad ideológica. Revistas de exiliados latinoamericanos, intoxicados con empanadas de imitación y vino argelino. Eternas disquisiciones y polémicas ideológicas que esconden esa lujosa nada de estar viviendo en París la última forma de la romántica bohemia. La bohemia paraguerrillera.

Vázquez Rojas parece estar aguantando que retorne de mi digresión. Como preguntando: "¿y qué más?".

—Bueno, eso. Que anduvo estupendamente bien. Tú sabes la atracción que siempre ejercen en la mitología sexual esas mujeres altas, rubias, nórdicas y un poco tontonas. No hay nada que hacer. El sexo se presenta como una venganza o reparación tercermundista. Además, vos sabés, Tania tiene esos arcos perfectos, con un grado de dureza y tensión que la elevan a la categoría de arquetipo. Atrae no sólo a nuestro tipo de hombre sino a todo el continente, como es sabido en su caso. Es un carisma, al fin de cuentas... Sus inolvidables, insuperables, huecos poplíteos. No me mires así. Es la nuca de la rodilla, si eso te explica algo, para decirlo de alguna forma.

Vázquez Rojas me sigue mirando. El tema no terminó. Le digo:

—¿Que no tenía que haberlo hecho? Es verdad que la responsabilidad te va castrando. Un comandante guerrillero termina con los mismos límites en su vida privada que un senador estadounidense... Parece absurdo. Yo era el moralista, ¿no? Aquel chico que se pegó un tiro en el campamento del Congo porque había tenido un hijo con una deliciosa negrita. Era casado y yo había establecido que quien se desmandara con las mujeres locales tendría que casarse como forma de reparación. Y yo con Tania en París...

—Bueno, pero estás en reposo, en preparación, no en campaña —me dice Vázquez Rojas para aliviarme—. No hay nada más repulsivamente idiota que la moralina de los políticos. El más hipócrita resto de la culpa judeocristiana. El pecado o un vicio privado humanizan al deshumanizado político principista...

—Y la culpa anglosajona, victoriana —agrego.

Por lo menos Vázquez Rojas me deja respirar. Quiere saber más de París. Le digo:

—Extraño ser, la excitante Tania. Una sexualidad abierta de madre dadivosa. Una sexualidad desprevenida, alegre. La sexualidad a la que estamos menos acostumbrados, la pagana. Sin culpa. Porque yo, sexualmente, nunca dejé de ser un católico.

Tania se gastó todos sus ahorros en las Galerías Lafayette mientras yo leía en la cama. Asomándome de vez en cuando para ver los brotes de la primavera restallando sobre Saint

Germain en los jardines que rodean la abadía. La esperaba para un nuevo baño de inmersión. Llegó cargada de paquetes. "Si la muerte me sorprende, camarada, que sea con estas bombachas bordadas de Dior", me dice y me muestra casi una colección de deliciosas joyas (¿o mariposas?) de entrepiernas. A las que soy sensible y sin defensa posible.

Me dice que reservó lugar en La Coupole, en Montparnasse, para las nueve. Me sentí feliz de entrar en ese lugar lleno, alegre, del brazo de Marta Iriarte vestida con sus mejores pompas. Naturalmente pedí carne a la parrilla sin que fuera arruinada por ninguna salsa francesa. Dos bifes de *entrecôte* y papas fritas. Dos unidades, sí, para estupor del mozo cartesiano. Vino de Bordeaux y queso camembert como los que compraba Pancho de la Serna en el Mercado del Plata. Tania comió mariscos con vino Sancerre.

—Buen lugar para despedirse de la vida.

—Yo siento que esta vez me toca —dice haciendo un gesto cómico—. No me quedaré en La Paz, Comandante. Me iré de una vez por todas a la sierra; quiero un fusil.

Le dije que su buen trabajo eran las relaciones, la red de sostén. Que eso era lo más importante. Y me largó:

—Ya sé que no me tenés confianza, pensás que no soy tan segura... —Sonreía. —Pero te demostraré lo contrario, camarada; me iré adonde esté el fuego. Verás.

—No te dejaré —le dije—. La guerrilla, la guerra, debe ser para los hombres. Las mujeres tienen otras tareas.

Pero no la convenzo.

Ya verás —me dice.

Vázquez Rojas está admirado con mi fiesta privada. Le confieso que después del café fuimos al *dancing* de La Coupole, que está en el subsuelo del restaurante, porque vimos el anuncio de una orquesta de tango. Eran tangueros que habían quedado desparramados de las viejas orquestas de preguerra. Tocaban con increíbles bombachas de seda, bordadas, en el viejo estilo de la década de los 30. El cantor se llamaba Ernesto Rondó, también vestido de gaucho policrómico, pero rigurosamente engominado. Escuchamos muchos tangos y bailamos con *Vida mía.* Cómo me emocioné. Intenté desplazamientos largos, reos, prodigiosos. Giré sobre la vereda de la calle Paraguay, de la esquina de Aráoz...

Pese a lo que escribió Martínez Estrada, el tango es postsexual y no presexual. Es como caminar en una nostalgia, dentro de un sentimiento enfermizo. Y no desde la ilusión de la seducción, sino desde la desilusión del sexo... "Un sentimiento triste (nostálgico) que se baila", incluso yo, el patadura.

Ese 25 DE MAYO NOS DESCONCERTÓ por su audacia —me dijo Vlásek comentando los últimos pasos de Guevara antes de su partida de Praga hacia el intento de Bolivia.

"Yo mismo, con mi ayudante, hice el seguimiento. Se hizo llevar a uno de los puentes céntricos y desde allí inició su caminata, ya bastante habitual en aquellos meses, hacia el café Slavia. Iba vestido como siempre, con un terno gris, abrigo y un sombrero hundido hasta las cejas. Antes de alcanzar el café del lateral del teatro Nacional, se encontró con varios hispanistas y traductores del grupo que ya conocíamos. Y, claro, con la traductora que una vez por semana le hacía de guía en las caminatas. (La traductora se presen-

tó desde un comienzo para informar sobre la naturaleza de esos encuentros. Le dimos autorización.)

Con esos conocidos del café partieron en dos
taxis a lo largo del río y en dirección a la colina de
Barrandov. Allí, en el número 17, está nada menos
que la residencia del embajador de la Argentina.
(Usted conoce, claro, perfectamente el tema.)

La bandera estaba izada y una cola de coches
oficiales esperaba ante el portal mientras entraba
la multitud de invitados para el día nacional de la
Argentina, usted sabe...

Vimos cómo Chelaviek, acompañado por dos
o tres profesores (hispanistas, invitados por la
parte cultural de la embajada), con su traductora
personal, entraba en la residencia.

Había en esa actitud una mezcla de irresponsabilidad y de ganas de comer la típica carne a la
parrilla. Si bien a esas reuniones concurren los
iberoamericanos residentes en Praga, el gesto de
Chelaviek tenía algo de burlón. Y nosotros, metidos en nuestro auto Volga, éramos el objeto de su
desparpajo. ¿Cómo redactar un informe acerca
del contenido de ese gesto? ¿Qué decirles a nuestros colegas del KGB? ¿Decirles que quería hacer
una broma, comer carne?

VÁZQUEZ ROJAS CUMPLIÓ con la promesa a
Rosevinge. Se vistió con el mayor rigor de su

atuendo (eliminando del rostro y del cabello todo asomo de desorden guevarista) y se encontró con ella y el grupo de hispanistas jóvenes delante del teatro Nacional. En dos taxis fueron hacia la residencia del embajador. Una gran casa sobre el Moldava construida en la década de los 30 por el padre y un tío del joven dramaturgo, el rubito del café Reduta, que estaba otra vez detenido por la policía secreta por "averiguaciones", según contó Urban.

La casa tenía un gran parque con piscina. Stépanek contó la historia de las actrices de cine de entonces, Adina Mándlova y Lidia Báarova, famosas usuarias de esa piscina en los tiempos de la dominación alemana. Goebbels, amante de la Báarova, había estado en esa casa.

Vázquez Rojas por cierto no le confesó a Rosevinge su interés personal: en cierta medida probar su disfraz. El grupo saludó al embajador y Vázquez Rojas se filtró directamente hacia el jardín. Descendieron la escalinata de piedra, bajo la luz esplendente del mediodía primaveral. En algunos puntos del parque habían colocado generosas parrillas que lanzaban un humo rioplatense al espacio soleado del día.

Vázquez Rojas se deslizó con Rosevinge hacia los lugares más discretos de la reunión. Los altos funcionarios y los embajadores estaban agrupados alrededor de la pileta. Vázquez Rojas creyó ver la calvicie del embajador de Cuba, su subordinado.

—Siempre quise estar en la Argentina —le dijo a Rosevinge—. De algún modo estoy en la Argentina, al menos según el derecho internacional...

Acompañado de Rosevinge (como para justificar los absurdos riesgos que corría) entré en uno de los patios de mi patria. El gusto del vino. El aroma de la carne asada. La inconfundible algarabía de sonoros niños jugando en el fondo del jardín. Extraño desafío del retorno a la Patria. Desde el loco de Ulises en adelante, la fuerza de Itaca tira dentro de cada uno. El hombre —en general— podrá ser internacional, pero cada uno de los hombres está ligado a un patio, a ciertos árboles, al olor de la sala más misteriosa de su casa. Permanencia secreta. (El olor encerrado en el vestíbulo y el zaguán de Aráoz 2180.) Aquellas tardes de verano cuando me quedaba solo en la casa preparando las últimas materias de medicina. La ansiedad y por fin el timbre de la calle cuando llegaba mi maravillosa prima y cruzábamos aquel aroma para siempre inolvidable de la casa deshabitada, hasta alcanzar el cuarto del fondo. Erotismo de viejas casas con la familia ausente. Ésa es la Patria, un gusto de éxtasis sexual. O el aire fresco en el camino, al amanecer. Cuando se parte hacia el mundo por primera vez en una moto usada que no puede tener nada de Pegaso, sino todo del más desafiante y problemático Rocinante.

Misterio de Patria, en lo hondo de cada uno.

Comió dos chorizos, bifes de lomo, empanadas. Bebió vino de Mendoza. Vázquez Rojas no pudo omitir ante Rosevinge su protesta sobre el tema de Kafka:

—Me he quedado pensando en su Kafka, en su interpretación de la complacencia de K. ante la imposibilidad de acceder al Castillo. Hay algo repugnante, Rosevinge, en K. Y más que de K. habría que hablar de *La metamorfosis*.

—Usted me dijo que no lo había leído.

Vázquez Rojas comprendió el peligro de subestimar las traiciones de la memoria. Kafka no había sido incluido por los Servicios entre las probables lecturas de Vázquez Rojas/Benítez/Mena...

—¿Quién no conoce la historia de ese personaje que se despierta agitando sus patitas de cucaracha debajo de la propia cama? Rosevinge, al final del libro la cucaracha ve a toda su familia reunida, a su hermana desperezándose al sol, a su padre... Es una escena de inolvidable y repulsivo odio a la vida.

Rosevinge mira a Vázquez Rojas como sorprendida no sólo por el retorno del tema, sino por la energía crítica de él.

—No hay ese negativismo ante la vida que usted supone. Lo que hay es una denuncia contra la hipócrita vigencia de un supuesto orden... La familia forma parte de ese orden cínico...

Vázquez Rojas siente que no se debe insistir.

En la "primera clase" del cóctel, los embajadores y funcionarios se orientan como girasoles hacia donde se alza la bandera argentina, al tiempo que los micrófonos inundan el parque con el Himno Nacional.

Los argentinos presentes cantan su himno. Un pueblo de gente cómoda en la vida. Sin amenazas de grandezas, de místicas, de dolorosas mutaciones históricas. Un pueblo de sobrevivientes felices, astutos. Ubicados como en un borde, alejados del mundo real, del mundo verdadero. Gobernados por algún general que les asegurará mantenerlos en su tenue injusticia. ¿Quién pasa hambre? El general les garantiza que no triunfará ni el Che Guevara ni Masetti ni ninguna forma política que pueda interrumpir décadas de buena digestión. (Ya se sabe que el general que tomará pronto el poder se llama Onganía. Lo dicen todos los diarios. Y él promete que ni siquiera el peronismo tendrá ingreso en el lánguido paraíso vacuno de los argentinos.)

Allí están, con sus corbatas de seda, vestidos como ingleses rigurosos, los representantes de la Argentina. Con sus caras rasuradas, excesivamente normales, con sus ojos astutos, observadores, desconfiados, cantan el himno con entusiasmo. Son una curiosa y tenaz subraza. Más definida de lo que ellos creen. Cantan:

Sean eternos los laureles que supimos conseguir.
¡O juremos con gloria morir! O juremos con gloooria morir!

Vázquez Rojas es uruguayo-español, pero se emociona igualmente.

Luego Vázquez Rojas acompaña a Rosevinge para cumplir con el extraño objetivo que motivó ese riesgo tonto que corrió.

Van caminando discretamente hacia el fondo del parque donde está el chalecito o caseta de madera. Es allí donde Rosevinge rinde su homenaje anual, privadísimo, en memoria de su madre. Están los dos solos en ese lugar, en el extremo de la Residencia, desde donde se domina una espléndida vista sobre el río, desde lo alto de la colina de piedra que allí se quiebra a pique en un barranco de arbustos y pinos tenaces.

Rosevinge mira por la ventana hacia el interior de la caseta vacía y permanece con la cabeza baja, orientada hacia el espacio donde su madre, Déborah, se suicidó. Vázquez Rojas la espera discretamente.

Todo no dura más que un par de minutos. Es un privadísimo *Kaddish*, un instante de intensa evocación fúnebre.

—¿Cómo era Déborah? —pregunta Vázquez Rojas cuando ya regresan hacia la reunión.

—Yo era muy chica... Mi abuela y su hermana decían que Déborah había sido hecha para otra época. Sin embargo, pese al clima sombrío de la ocupación stalinista y a la desilusión de las familias judías que se creían a buen recaudo con los "libertadores antifascistas", Déborah era siempre una nota de alegría en la casa. Su trabajo en la embajada de Israel le parecía una puerta abierta al mundo. Hasta que los esbirros la presionaron, la humillaron... Pero Déborah era de esas que llegan a la casa con golosinas o regalos. La que tenía entradas para los conciertos y el cine. La que se pasaba dos o tres noches preparando el cumpleaños de su hija. Siempre, en todas las familias, hay alguien como Déborah. Alguien que cree en la vida.

Déborah, como K., habían sido destruidos por la maquinaria del falso socialismo.

Vázquez Rojas omite todo comentario. Stalin había impuesto el terror. La muerte fácil, pero de los otros... Guevara recuerda súbitamente al arquitecto Quintana.

¿Cómo era aquella frase que me dijo Quintana?

Reclamó por el envío al "paredón" de un amigo suyo de la Juventud Católica. Guevara, al recibirlo, le dijo en el apogeo de su arrogancia de advenedizo del poder:

—Parte del proceso revolucionario es esa injusticia al servicio de la futura justicia...

Y Quintana:

—Comandante, a los que mueren no se les puede hablar de injusticia saludable...

Vázquez Rojas no dijo una palabra. Culpa. El fin y los medios. El terror movilizador (militar) o el terror paralizante. ¿Se puede matar? ¿Puede arrogarse el hombre la locura divina?

Se escabulleron casi sin saludar al embajador. Un caballero amable que festejaba con una gran fiesta las viejas batallas fundadoras de la Argentina, los degüellos de Bustos, de Quiroga. El fusilamiento de Lavalle, Rosas y sus ejecuciones con la Mazorca... y la gloriosa campaña de San Martín. El nacimiento de una nación respetada, "occidental y cristiana". La frase de Nietzsche: "Toda gran nación surgió de un gran crimen". Pero la frase no aliviaría a Rosevinge de su mirada herida, de su orfandad sin redención. De aquella perplejidad infantil ante la banalidad del Mal.

Mientras esperaban para subir al taxi, Vázquez Rojas le dijo con un tono neutro:

—Voy a tener que irme de Praga por un tiempo bastante largo. Tendré que viajar. Estaré unos días más. Trataré de llamarla, pero ya no nos veremos. Viajaré a Uruguay. Claro que volveré, tal vez a fines del año próximo...

Se acomodaron en el inhóspito Skoda. Rosevinge no dijo nada. Aprovecharon la inhumanidad del chofer que conducía a los tirones. Los dos miraban hacia adelante. Rosevinge iba tiesa, con las manos caídas sobre la falda. De reojo Vázquez Rojas vio que la mano derecha se alzó dos o tres veces. Comprendió que Rosevinge lloraba con largas lágrimas que no trataba de contener.

Vázquez Rojas pensó que debía hacer alguna referencia al dolor por Déborah. Pero por suerte se abstuvo. La llevó hasta el puente de la librería de la Universidad, donde solían despedirse en las caminatas.

Le dio un beso claro y decidido en la mejilla y con voz demasiado alta dijo:

—La llamaré, Rosevinge, antes de partir. ¡Volveré antes de lo que uno piensa!

NO ES EN VANO QUE YO, EL *SAMURAI,* ambulante y global, haya transformado a Hilda antes, y ahora a Aleida, en madres puras y totales. Pese a mis guerras y viajes soy un "padre de familia numerosa", de esos que pagan pasaje rebajado en los trenes en ciertos países europeos. Tías, sobrinas, esposas, ruidosos hijos que se me trepan como por el tronco de un roble. Quise repetir el ruido de familia abundante de las casas de mi infancia. Los Echagüe, de la Serna, Ferrer, Roca.

"Hombre de familia", se podría decir cabalmente de mí. De familia sonora y grande, con ravioles y masitas en los almuerzos de los domingos.

Ésa es mi conexión secreta con la burguesía. O mejor, con el orden permanente y pacífico del mundo.

Soy un conservador. Quiero salvar al hombre de la nada. Quiero establecer el amor, la familia (para todos).

Aunque se horroricen los intelectuales argentinos que van a Cuba con sus miradas de pájaros desconfiados, soy tradicionalista.

Entendí el socialismo como extensión del amor. Siento la distinción entre la guerra como odio destructor y la guerra como odio fundador. Sólo hoy, en Praga, se empieza a aclarar este aspecto de mi naturaleza profunda.

Alguna vez quisimos decirnos en La Habana: Hay en nuestra revolución un elemento de "artesanía del corazón", de prioridad de lo humano. Pese a todos los errores cometidos y a todos los desbarrancamientos en el mal (que es la Nada).

Soy un mal escritor. Pero esto que siento con más claridad, seguramente porque estoy a punto de saltar de nuevo fuera de las protecciones, traté de expresarlo en la carta al viejo Quijano sobre "El Socialismo y el Hombre Nuevo en Cuba":

"Permítaseme decir, con el riesgo de parecer ridículo, que el verdadero revolucionario es guiado por fuertes sentimientos de amor... Uno debe poseer una gran dosis de sentido de justicia y de verdad, para evitar caer en los extremos, en el escolasticismo frío, en el aislamiento de las masas. Es imposible pensar en un auténtico revolucionario sin esta cualidad."

NOTAS DE PRAGA (ÚLTIMAS). Otra vez el lado puro de la acción, de la guerra. Hay hombres de creación lenta y hombres de combustión rápida, que nacieron para encenderse y desaparecer. Pueden dejar detrás de ellos un momento de grandeza o caer apagados, insignificantes, como aquellas cañitas voladoras que lanzábamos al espacio en las memorables noches de Navidad de la infancia.

Entro de nuevo en el noble y terrible palacio de la guerra y del riesgo extremo. Es lo que me cuadra, lo que me va bien. Saber que estoy apostado a cara o cruz, y esta vez tendrá que ser, o todo estará perdido para mí.

Quise llegar al extremo y del extremo no hay retorno. Ahora la suerte está echada.

AHORA LA SUERTE ESTÁ ECHADA, MADRE, Celia querida. Escribo esto en un café de esa ciudad que habrás visto de reojo (como una joya caída en un charco de niebla) en algunas de tus combinaciones de aviones cuando venías a Cuba.

No pudiste recibir mi carta cuando partí al Congo. Cuando Osmany me trajo al campamento en aquella espantosa jungla la noticia de tu gravísima enfermedad, era mayo. Y luego, al mes siguiente, la confirmación de tu muerte, madre; sentí que todo se desmoronaba. ¿Te acordás de aquel miedo inexplicable, en las noches de invierno en Alta Gracia, cuando estaba en cama, vos me cuidabas, y ya al anochecer oíamos el grito de la lechuza? Eran las únicas veces en que te persignabas. Lo mismo sentí allí en la jungla congoleña, echado en mi tinglado, tomando té y mirando pasar las nubes. Se me aflojaron las piernas, como si no tuviese ya ni nervio ni hueso. Me sentí como un muñeco desarticulado. Como aquel pelele de Goya del grabado que había en la casa de don Manuel de Falla, el exiliado del franquismo que vivía también en Alta Gracia.

Fue como si nos hubiésemos despedido. En aquella carta te decía: "Otra vez siento bajo mis talones el costillar de Rocinante, vuelvo al camino con mi adarga en brazo". No era cualquier Quijote. Se trataba de "nuestro" Quijote. El que me habías leído sentada en el sillón de mimbre, junto a mi cama, en Alta Gracia. ¡Qué Quijote más intenso, más invitador, el que vos me diste en aquellas tardes infinitas de Córdoba!

Escribo hoy la carta que no te pude mandar desde el Congo. Estarás en el Congo y tu mirada será como todo el espacio de la mañana y esa luz llegará hasta mi cuaderno, aquí en el café Slavia.

Quiero hablar de aquella tarde lluviosa. Cuando todo te iba mal. Encontrabas humedad en la casa. Hacía tres días que mi padre no volvía de una de sus correrías por Córdoba. Pero lo grave fue que Celentano, el administrador del Sierras Hotel, había traído, para que me revisara, a aquel profesor amigo de él, que estaba de vacaciones. Me hizo doblarme, tomar aire, toser, jadear. Su oreja fría recorría mis pulmones. Vio las radiografías que guardabas en el comedor, junto a los manteles para los días de invitación. Lo estoy viendo, ¿lo ves? Cara de profesor, bigotes negros, más serio que perro en bote.

Y después quiso hablar con vos en la sala y —naturalmente— yo salté de la cama con la colcha sobre los hombros, para oír.

Te dijo que sería para siempre. Que muchas veces en mi vida iba a estar dependiendo de ese hilito último de aire, esa cintita delgadísima de plata de la que colgaba mi vida. En cualquier momento, en cualquier lugar, por razones climáticas o emocionales, o por algún desarreglo físico de orden indefinible, yo podría quedar colgado del hilito de plata sobre el abismo negro y definitivo de la muerte.

Te oí llorar, Madre. Tu hijo te desilusionaba, era una especie de baldado para siempre.

Despediste al gran profesor y a Celentano, te secaste las lágrimas en el baño y cuando volviste, yo fingía dormir.

Y fue allí mi ocurrencia. ¿Quién dijo que esto de la muerte no podía ser vida? Bastaría saltar de esa cama de niño-baldado-para-siempre y estar dispuesto a vivir cada hora hasta el extremo. Era como una rebeldía súbita. Era tomar la vida por el revés y decirte: Madre, basta de pena, ¿quién dijo que se debe ir a la muerte desde la vida, protegiéndonos, cuidándonos, demorando menesterosamente el encuentro con la muerte? Yo iré, te lo juro, a la vida desde la muerte. Desde el riesgo. ¡Imponiendo el riesgo sobre la cultura de protección!

Y allí mismo me paré de un salto al lado de la cama. Me vestí pese a tus protestas. Te dije que ya no jadeaba (y traté de engañarte conteniendo los músculos del pecho). Y me largué al jardín.

Trataste de callarte. Me viste correr hacia el campo donde estaban mis amigos jugando al fútbol. Me viste meterme entre ellos, y correr sin aire, pero correr, bajo la llovizna de la tarde.

Y no pasó nada. Espantamos la muerte desde entonces. ¡Lo logramos haciendo que ocupara para siempre el centro!

Bienvenida muerte una vez más, la mía y la de los otros. Muerte creadora.

Hoy siento con más fuerza que nunca este mandato, madre. Estamos en el fin de una larga época histórica, de renunciamientos y de oprobio. Se cierne sobre el mundo la esclavitud de las cosas, el triunfo definitivo del egoísmo capitalista, la dominación absoluta de los dueños del industrialismo y de la tecnología occidental.

Durante estos años me tocó ver a los "gigantes" comunistas arrastrarse a la zaga de esta realidad. (El grotesco consumismo de los soviéticos con sus autos destartalados y humeantes y esa moda imitativa del Gum, de Kodva y de May, las grandes tiendas del socialconsumismo.

Hoy siento más firme que nunca la necesidad

del viraje decisivo. O creamos un nuevo hombre y una nueva sociedad justa, o todo estará perdido. Sin una confrontación final, el capitalismo devorará los restos del socialismo que se pudre en su propia traición cotidiana, en el olvido de sus principios.

Madre, Celia, esto quería decirte en mi última carta que lees a través del gran ojo del Espacio. ¿Qué importa la muerte? ¿Cuándo me importó la muerte? Siento que me lanzo a algo decisivo. ¡Con qué claridad me siento enfrentado ante la barrera de lo imposible!

Pero el jugador sabe que es en el umbral de lo imposible donde pueden girar los goznes de la Historia.

Es ésta una carta o una nota de despedida desde Praga. Después de varios meses aquí creció en mí la convicción de que mi vida no tiene otro sentido que el de jugarme en la apuesta máxima. (Me acuerdo de aquel Byron que leíamos en Córdoba: ¡a los treinta y seis años, rengo, con la decisión de crear una armada irrisoria para desembarcar en Missolonghi y liberar a Grecia —la Hélade del hombre espiritual— de la horrible dominación turca!)

APUNTES DE PRAGA. Ahora todo se precipita y he entrado en un tiempo final. La atrasada primavera de este año llegó en la primera semana de mayo con esa ansiedad salvaje de una tierra sometida a un invierno triste y exageradamente largo. Todo brota en pocos días. Debajo de la tierra húmeda y helada surgen abejorros de un entusiasmo tropical. Al borde de los caminos crecen yuyos salvajes. Los árboles se cubren de un verde fresco que se va desplegando en hojas tiernas y sanas.

He resuelto acelerar el entrenamiento. Yo, personalmente, quiero estar en las mejores condiciones. El tigre tiene que tener buenas uñas, si se trata del último zarpazo.

He hablado largamente con los hombres. Están identificados con lo que pienso. Los emisarios confirman que el trabajo en Bolivia ha sido excelente. Sin embargo queda un punto esencial por resolver en estos días.

La embajada consiguió dos campos para largas marchas. Nos presentan como un grupo de jóvenes maratonistas cubanos, que harán entrenamiento y dormirán en carpas y tiendas de campaña. Uno de esos campos militares lo usó Masetti en el invierno de 1962/63 antes de partir hacia el desastre y su desaparición en Salta.

(Todo lo que se evoque se llena de muertos. Muertos que, como en las películas de terror, caen de los armarios y hasta de las heladeras que uno abre en busca de una fruta.)

CUBA. 1995. INDAGO, voy detrás de la sombra de Guevara. En la Plaza de la Revolución su gigantesco perfil con el brazo alzado y el ceño empeñado, de guerrero.

He estado en su casa en Nuevo Vedado. La casa está cerrada, esperando ingresar definitivamente en el pasado, transformada en museo. Allí su mujer, Aleida March, con su perfil fuerte, picassiano, tiene la gentileza de mostrarme los espacios que Guevara tan poco habitó. Y pese a todo, la casa vacía desde hace décadas es una casa de familia. Se creería oír voces de chicos, de sus hijos y hasta el silbido de esa asma del que los niños se burlaban. Trepaban por sus brazos para aplicar el oído sobre el pecho del padre, y reían, me cuenta Aleida.

Voy hacia La Habana vieja. Es el Período Especial en la historia del país. Todo está variado, menos el orgullo.

Ya cerca del mar, la isla de Cuba me parece como esos enormes barcos mercantes varados en algún golfo, rada o antepuerto, por cuestiones internacionales o problemas jurídicos. Una gran nave embargada criando un verdín malsano y maloliente en sus flancos. El grito fuerte y pectoral de la revolución corrió sobre el mar y entró y se pierde en débiles ecos por los bosques de América.

En la esquina del malecón grita como a la salida del colegio un grupo de prostitutillas, adolescentes, las "jineteras", a la espera del dólar superpoderoso.

Cuba, enorme nave varada en las aguas malolientes de los años de totalitarismo liberal. Varada frente a esa América Latina, traidora de sí misma. Esa disparatada y obesa ninfa de Botero que corre mirándose en un diminuto espejito de *boudoir*. Cuba, varada, inmóvil, jadeando un asma digno del Che. El asma del Período Especial frente a la mala hermana y mala madre: su América Latina.

Camino desde el malecón hacia el hotel Presidente. Allí, envejecidos pero con un aura misteriosamente joven, están los amigos, los leales de Guevara. Toman cerveza en la terraza de ese hotel donde alguna vez Benny Moré o Rita Montaner vivieron alguna escapada de amor tropical. Caireles sucios, destartaladas lámparas rococó, y El Chory susurrando *Perfidia* a maraca perdida.

Maravillosa Cuba descascarada, sin pintura, a contra-historia. Maravillosa sirena varada, sirena de orgullo. Un viejo león que, aunque echado, los perros de enfrente no se animan a acometer.

He perdido la pista de Guevara en su último mes de Praga. La versión de Vlásek, a través del ojo de la cerradura, es pobre. Y en esas semanas finales de junio y julio de 1966 sus colaboradores de Praga, Pombo, Martínez Tamayo, Coello, ya estaban trabajando en Bolivia o entrenándose.

En esas semanas se habían acabado para Guevara las dudas estratégicas. Ya avanzaba otra vez, a paso firme, en lo que él llamaba el Palacio de la Guerra. Esa zona pura, creadora. Pero no había testigos de sus pasos.

Recién en esos meses de 1994/95 se habían develado, con el libro de Paco Ignacio Taibo, Félix Guerra y Froilán Escobar, las peripecias de Guevara en el Congo, hasta entonces mantenidas en secreto.

Pero sobre las últimas semanas en Praga no hay indicios ciertos. Se sabe que se impone un entrenamiento físico despiadado. Se sabe que había puesto fecha para partir de Praga. Sería a mediados de junio. Pero no se sabe qué había resuelto sobre su paso posible por La Habana, antes de tomar el mando en Bolivia. Había en él la angustia del tiempo físico que perime para una determinada acción, o para su concepto de guerra de guerrillas.

Se sabe de los arduos esfuerzos para obtener el ingreso en un campo de entrenamiento militar, donde los oficiales soviéticos y checos solían hacer ejercicios de "supervivencia en condiciones geográficas adversas". Ese campo había quedado abandonado y se pensaba que sería fácil conseguir una autorización.

Con la tenacidad habitual de Guevara, a través de la embajada se obtuvo la autorización informal de utilizar la selva abandonada de Podebrady.

Quedaba a unos sesenta kilómetros al este de Praga. Y parece que se dijo a los checos que se trataba de un entrenamiento para atletas-estudiantes cubanos.

Permanece en el misterio la decisión de Guevara de sancionarse con tan tremendo esfuerzo final. Indago entre sus allegados, allí en la terraza del Presidente. Hablan sus amigos:

—Usted ya habrá oído hablar de la obstinación de Guevara. Se insistió de tal modo que les dieron un permiso no del todo formal. (Esto le explicará algo de lo que después le ocurriría.)

—Yo creo, pensando lo que pasó hace casi treinta años, que estaba dispuesto, más que a un entrenamiento, a una prueba personal. Primero largas marchas con sus tres o cuatro ayudantes (los principales ya estaban en Bolivia definiendo los cuadros y los objetivos de acción). Después, irse solo a un enfrentamiento de supervivencia en ese maldito y húmedo bosque...

—Quería probarse su plenitud física. Sabía que el terreno escarpado y feroz de Bolivia lo llevaría a la posibilidad de una derrota física. Pero por otra parte no hay que subestimar esto. Todavía en mayo creía que podría evitar pasar por La Habana para juntarse con los hombres que se adiestraban aquí para seguirlo a Bolivia. Todavía jugaba su enorme orgullo, que lo tentaba a hacer enviar sus hombres a Bolivia y ponerse al frente viajando desde Praga directamente, sin dar el brazo a torcer y pasar por Cuba.

—Antes del grave incidente de Podebrady organizó, en el campo más "civilizado" y más cercano a Praga, unas marchas feroces, llevando mochilas de treinta kilos y material para acampamento.

"Continuamente probaba sus remedios y anotaba en un cuaderno las dosis y sus efectos. Se lo veía contento. Por las noches nos reuníamos en una taberna y comía mucho, pues quería mantener en aumento su peso.

—Se puso ya una fecha decisiva para viajar, el 14 de julio. Esto cambió completamente el clima de nuestro pequeño grupo. Esperábamos que nos eligiera. Uno se jugaba por él. Se era "hombre del Che", y esto era un honor. Una especie de prestigioso grado militar...

—Allí, en la cantina, en esas noches tibias,

antes de irnos a dormir en las carpas, fue abriendo un poco el secreto de esos planes que había madurado en los largos meses de Praga. Estaba entusiasmado por el cambio de situación en la Argentina. Por fin se había producido el anunciado golpe contra el presidente Illia y el general de turno había anunciado represión y pena de muerte. Explicó que esto aceleraría las condiciones para un levantamiento urbano y obrero en la Argentina. Estaba seguro de que, una vez encendida la mecha, Perón volcaría la gente en su apoyo. Esto es poco conocido. Pero si bien Bolivia era la base, el objetivo final sería la guerra revolucionaria en la Argentina. "Nosotros tenemos mucho más que una tarea política. Tenemos una misión."

—Es lo que llamaba el Foco Continental. El episodio decisivo, para América y para el mundo... Y a todo esto la conversación se acababa: eran las nueve de la noche y los checos nos apagaban la luz o nos retiraban el vaso de cerveza sin terminar. Todos insultábamos, protestábamos. ¡Esgrimíamos argumentos de solidaridad socialista intencional! Era increíble. Monstruos sombríos racistas. Alguna vez hasta lo empujaron a él para que se fuera. Claro, no sabían quién era. Íbamos hacia las carpas y a lo lejos veíamos las luces del cuartel soviético. Con sus centinelas fumando en la noche, emboscados. Siempre dando la impresión de cuidar un campo de concentración. Bastaba acercarse a cincuenta metros de la cerca para que empezasen a ladrar sus tremendos perrazos amaestrados... Ya verá usted lo que pasó con el Comandante... Ya verá.

—Al final se supo que nos dejarían usar el bosque de Podebrady. Pero sin ninguna relación con la guarnición soviética ni con el destacamento checo que cuida la central de comunicaciones en ese lugar.

"Debe de ser el bosque más salvaje de Europa. Se reproducen piaras de jabalíes de doscientos kilos. Los rusos usaban el lugar como campo de tiro y para entrenamiento de sus perros. Los perros escapados, más lobos que perros, se reprodujeron en jaurías feroces. Cerca del pueblo de Podebrady, con el famoso castillo principesco, hay un vasto campo de deportes con la cantina. Todo pensado para uso militar. Creo que ahora establecieron allí un campo de golf. No era extraño que las piaras cruzasen el pueblo e invadiesen el lugar aterrorizando a los pocos habitantes. Los niños no salían a jugar solos por temor a los perros soviéticos o a los jabalíes... Era un escenario para el drama de Caperucita Roja. (¡Esa tragedia atroz con la que se pretendía hacer dormir a los niños!)

Indago sobre otro tema aprovechando mi viaje a La Habana. ¿Por qué lo seguían con esa fidelidad? Cuando les habló, ninguno de sus lugartenientes dio un paso atrás, pese a haber vivido con él el fracaso del Congo. ¿Por qué seguían?

Ribalta, su capitán desde la Sierra Maestra, me mira perplejo: —¿Se lo podía acaso abandonar? A mí, todavía, treinta años después, se me aparece en sueños. No hay día que no tenga un recuerdo, un pensamiento ligado a él, a aquellos días redondos y claros de la guerra... Hoy, que tengo casi setenta, me anotaría de nuevo.

—¿Por qué?

—No sé. Así es.

Pombo, Benigno, los que no murieron en sus cruzadas, no dudarían ni hoy, cuando tantas cosas cambiaron en el mundo.

—Iba en primera línea. Pero la primera línea de verdad... "¿Tienes miedo?," me preguntó alguna vez. "No", dije, mintiendo. "¡Pues lo que es yo, estoy muerto de miedo!" Y casi nos reímos a carcajadas pero no podíamos movernos porque estábamos emboscados y rodeados por fuerzas inmensamente superiores.

—Controlaba todo. Cada bravura recibía su guiño o el gesto con el brazo. Siempre en primera línea, siempre junto a todos.

—Éste era su secreto. Lo insólito, más bien lo excepcional, era ese Comandante casi en harapos que no se concedía el privilegio usual en todo jefe.

En la terraza del Presidente, nos demoramos bebiendo cerveza. Hay uno o dos perros flacos que se acercan a los turistas gordos para ganarse un extremo del *hot-dog* o un borde del sándwich de jamón. Lujos en ese Período Especial que vive Cuba, cercada por la cobardía mundial.

Los comandantes del Che, jubilados del poder, honran mi mesa. En la vecina hay dos bellas "jineteras" mulatas, con falsas pupilas de azul-mar, con dos representantes de empresas europeas.

Es así: ellas cobrarán en dos horas todo el sueldo mensual del capitán Ribalta retirado en su gloria. Con dos bongós y un piano melancólico, el Chory toca *El bodeguero* y *Cachita*. Por momentos la brisa del mar sopla fuerte y le arrebata al capitán Ribalta el vaso de plástico tenue, que cruza toda la terraza hasta el fondo. La brisa mueve los caireles cariados del Presidente.

—El coraje y el sentido de justicia. Jamás comió algo, por muerto de hambre que estuviese, antes de repartirlo en porciones ecuánimes. Una vez encontramos una tableta de chocolate Cadbury caída en el camino. La abrió y esperó que llegase el resto del grupo, once en total. Con el cortaplumas, como un geómetra, marcó las porciones y las cortó con cuidado. Era así. No tenía dinero ni cuentas. Cuando iba a ver la hija, Hildita, se encontró sin dinero para comprarle la muñeca que la niña le había pedido. Juntamos la plata nosotros. Llegaba a la exageración. No había cuento. Lo que valía para el último recluta valía para el Che.

—¿Ve usted? No le hablamos de guerra ni de ideas. Le hablamos de su rabia por la justicia...

—Ahí tiene la respuesta: eso nos hacía seguirlo. No se le podía fallar. Y por eso Cuba no lo olvida. Mire, era un hombre muy raro, ¡que siendo tan argentino como era, pueda casi recordárselo como a un santo! Aunque, claro, santo no era: no sabía perdonar...

—Usted preguntó, amigo, sobre por qué se lo seguía. Realmente es una adecuada pregunta. Nunca hablaba de triunfo, sino de la misión revolucionaria. Hablaba que el combate de América llevaría "diez o quince años", ¿se da cuenta? Sin embargo dejábamos la familia, la comodidad de estar en el gobierno, de ser un "revolucionario histórico", aplaudido en las escuelas, ¡respetable! Era muy triste no poder seguir con él, aunque uno estuviese muy bien en Cuba. Uno tenía que irse de la Bodeguita del Medio a comer rata otra vez. ¡A tomarse el orín, a desangrarse en diarreas! El de Bolivia era un pequeño grupo, y fíjese, para que usted tenga idea de esa "mística de Guevara": se anotaron para Bolivia cuatro miembros del Comité Central, dos viceministros y dos muy altos funcionarios... Piense que no es fácil dejar la *pax* burocrática.

Preguntando sobre el tema del incidente de Podebrady, Vlásek dijo sólo conocerlo por el engorroso caso administrativo que originó por las tramitaciones con los intratables oficiales soviéticos una vez que se produjo el desenlace. Me dijo:

—Ése fue uno de los últimos incidentes antes de que nos librásemos de Guevara. No hay nada más insoportable que una persona genial. Lo que le dijeron a usted en Cuba los hombres allegados a Chelaviek me parece sustancialmente cierto. No cabe otra interpretación. Guevara quería ser el primero, quería estar en condiciones físicas óptimas. Usted ya sabe, más que general era un valiente artesano de la guerra, y para eso hay que estar siempre en la primera línea. Era un *condottiero*.

"El otro aspecto, esencial, es que, si bien necesitaba el apoyo logístico, el dinero, las armas y las comunicaciones de Cuba, él personalmente quería evitarse pasar las horcas caudinas de tener que volver a Cuba. No quería doblar su indoblegable orgullo. Aunque manejar todo desde Praga, sin pasar por La Habana, habría sido un suicidio... O un suicidio más rápido que el suicidio anunciado.

"Él quería llegar directamente a la selva y encender la hoguera mundial.

"Pero usted verá cómo las cosas se pueden solucionar con un golpe de ingenio. Serán Castro en persona, o Ramiro Valdez, el gran amigo de Guevara desde los tiempos de la Sierra Maestra, quienes abrirán el camino. Le dirá Ramiro Valdez: "Pues bien, tú no quieres viajar como Guevara porque no se te curó la herida de tu renuncia a tus cargos, a tu ciudadanía, etc.; ¡entonces basta con que no viajes tú sino ese Vázquez Rojas, o ese Ramón Benítez que eres aquí en Praga! Salvo para tu mujer, para el resto serás Vázquez Rojas, o Adolfo Mena. Estarás escondido entrenándote en el campo de Pinar del Río, ¡y todo solucionado!".

"Eso destrabó las cosas y por fin, para nuestro alivio, partiría en julio, en tren rumbo a Viena, con la caracterización de Ramón Benítez.

"Hay algo de irónico en todo esto, ¿no le parece? El comerciante burgués le va a servir incluso en Cuba, más que su propia personalidad.

"Yo pienso que él nunca perdonó, aunque

estuviera expresamente pactado, que se leyese su carta de renuncia en público, cuando estaba combatiendo en el Congo. Aunque era algo acordado, la herida quedó. ¿Por qué Fidel Castro creyó que tenía que leer esa renuncia en ese momento? ¿Por qué Guevara sintió que su hermano de armas y de gloria, no debía hacerlo, aunque estuviera pactado? Algún día tal vez podamos conocer el material de los soviéticos sobre todo esto. Aclararía este trillado tema.

Pero sobre los hechos de Podebrady no quedan muchos datos. En esos Cuadernos de Praga están las últimas notas de Guevara. Curiosas observaciones. Usted debe comprender que por entonces, para nosotros, los servicios dependientes del KGB, Guevara ya era definitivamente mala palabra. ¡Un revolucionario voluntarista, un desordenado! ¡Un enemigo moral y táctico de la Troika y del señor Brejnev, especialmente!

Pero me permito indicarle a una persona que va a hablarle de lo de Podebrady. Alguien que se acababa de jubilar de asistente y jardinero de la embajada de Cuba. Por entonces era un mocetón de veinte años, deportista. Él fue quien acompañó a Guevara al campo de Podebrady. Yo ya le previne que usted lo llamaría, se imaginará que trabajaba a mis órdenes: durante veinte años por lo menos sabía lo que pasaba en el jardín de la embajada...

YO SOY VLADIMIR. VLADIMIR HOLAN. Ya me dijo el señor Vlásek... Usted quiere saber aquello de Podebrady...

—En efecto. No hay testigos con vida. Pasó hace treinta años.

—Bueno, había un señor Pacho, que él llamaba Pachungo o algo así, pero sólo los dos primeros días.

—Ese señor murió en Bolivia —le digo a Vladimir.

—Ah... Yo en esa época recién entraba a trabajar en la embajada de Cuba, para todo mandado; tenía veinte años y mi sueño era el atletismo, pesas, decatlón. Ni idea de la importancia de ese señor. Yo nunca supe quién era; hasta hace muy poco, hasta que subió el señor Havel, no sabía que era Guevara. El Che Guevara, el famoso.

—¿Cómo lo conoció?

—A mí me llamó una mañana el Consejero y me dijo que tenía que acompañar a dos atletas cubanos a entrenarse en el campo militar de Podebrady. Un señor Ramón y un señor Pacho. Y, como en todas las cosas, no debía decir ni una palabra.

—¿Y allí lo conoció?

—Claro. Me dio la mano y me preguntó por qué me llamaba Vladimir. "Por Vladimir Ilich Lenin", le dije. "Nací cuando la República checoslovaca optó por el comunismo." Eso pareció gustarle.

"Pero yo no era comunista, aunque ahora me hayan metido en el listado de delatores y me hayan arruinado la vida. Yo no era comunista, era como todos. Yo era muy confianzudo y eso le gustó. Le dije:

"—Señor Ramón, le tengo envidia de que viva tan cerca de los Estados Unidos.

"—¿Quién te dijo que soy cubano? Soy uruguayo. Me llamo Ramón Benítez. He ido un par de veces a Cuba.

"—¿Y a los Estados Unidos?

"—Estuve en Miami, en Nueva York. Siempre de paso.

"—¡Qué afortunado! —le dije. Me miraba siempre sonriendo mientras cargábamos las carpas, candiles, palas, sogas, correas, en la camioneta.

"—No me digas "señor". Éste es Pacho y yo soy Ramón.

"—Íbamos a hacer campamento. Él quería un ejercicio de supervivencia, como el que hacen los pilotos. Sin embargo, cargamos provisiones y un bolso lleno de libros.

"—¿Has hecho campamento? —me preguntó.

"—Sí, en los montes Tatra. Incluso con ascensiones. Nada me gusta más.

"—Me alegra, Vladimir.

"—Me llamaba la atención que fuera de chaqueta y corbata. Pero cuando llegamos al campo se puso borceguíes y ropa de fajina.

"—Al campo de Podebrady se iba por la carretera Podebraska, que hoy es una autopista. Se llegaba al pueblo, que era casi exclusivamente un lugar para las familias de los oficiales soviéticos, y había que seguir hasta el río Elba, donde empiezan los bosques. Todo esto a no más de unos setenta kilómetros de Praga.

"—El camino de la izquierda llevaba hacia la unidad de infantería soviética. Tenía una muralla sobre el lateral del bosque, de unos ochocientos metros. Un muro de cemento en placas de cinco metros de altura, con torres de vigilancia. A la derecha, la entrada del bosque, que no es público. Había calaveras que señalaban campos minados, perros, alto voltaje, etcétera.

"—Allí esperamos una hora en la camioneta, mientras el Consejero, que iba en un auto de la embajada, trataba de hacer valer nuestro permiso ante un suboficial soviético. Una hora y se dio por fin derecho de paso a los atletas cubanos. Miró a través del vidrio de nuestra camioneta con cara de enemigo y con una sonrisa sarcástica que mostró sus dientes delanteros de metal plateado, como ellos suelen usar.

"—La barrera no había tenido nada de sencillo. Éramos recibidos con desconfianza y hostilidad. Pasamos por un camino estrecho (el mismo que hoy lleva al club de golf que edificaron en la zona) hasta una caseta derruida donde los ayudantes de Ramón habían llevado con anterioridad los materiales para armar una gran carpa como campamento base, también cajas y bolsas con alimentos. Pero nos encontramos con la desagradable sorpresa de que alguien, seguramente animales o soldados soviéticos borrachos, había esparcido esa carga. Había latas de carne abolladas. Una bolsa de papas despanzurrada. Cinco o seis latas de tomates habían sido agujereadas y dejaron un charco de jugo.

"—Armamos esa carpa, que Ramón llamó "la base". Luego él y el señor Pacho se fueron cargando la otra carpa para establecerla en el lugar que quería Ramón para su ejercicio de supervivencia.

"—Eran días de calor. A fines de junio. Días largos en esa época del año. De los bajíos inundados subía un vapor fétido y caliente. Era un lugar salvaje, abandonado.

APUNTES DE PODEBRADY. Por fin se concreta. Hoy comienza una nueva etapa. Casi se hizo de noche para llegar. La barrera soviética por un momento pareció infranqueable y francamente hostil. Pachungo casi pierde la paciencia (considera, además, que ese entrenamiento en el campo militar abandonado es otra de mis exageraciones).

El ayudante puesto por la embajada es verdaderamente un joven atlético, como yo quería. Se llama Vladimir en homenaje a Lenin. Es charlatán y fuerte. Habla bien español. Pero cuando veníamos en la camioneta me dijo que ese nombre de Vladimir era un homenaje de su padre a Lenin. Él no lo compartía. Me pidió que le hablase de Nueva York, de Miami. Se va a afiliar al Partido Comunista, pero para conservar el puesto de trabajo en la embajada. Con desparpajo dice estas cosas. Cuando le pregunté para qué quería el puesto, me dijo que trabajando en una embajada se pueden conseguir cosas pagando en dólares. En la de Cuba se puede traficar con cigarros y con ron, que son muy pedidos...

Encontramos como saqueadas por animales las cosas que habían traído de la embajada, alimentos y una carpa grande. Era como si hubiesen entrado osos. Para Vladimir, más bien parcial, fueron soldados soviéticos. Le dije que ni los rusos más feroces pueden agujerear con los dientes las latas de conserva de carne. Para Pachungo fue un "animal mayor".

Hoy es el primer día. Los terrenos de Podebrady son lo ideal. Tienen un salvajismo impresionante. Hace diez años que están abandonados. Los usaban las fuerzas del Pacto de Varsovia. Yo siento una extraordinaria alegría al ver estos árboles de veinte metros de alto, muchos de ellos abatidos por los temporales o quemados por el rayo. Es como si al pasar la barrera exterior de este espacio, hubiese salido de Europa. Praga, "el camafeo caído en la niebla", quedó atrás. Es como retornar a la santa barbarie de América. Y, lógicamente, todo empieza con los mosquitos. Son nubes, son enormes. Hay además grandes aves que nos espían sorprendidas desde el follaje húmedo y denso.

Estoy dentro del cuadro del aduanero Rousseau que vimos con Tania en la Orangerie. Una gran bestia de ojos terribles e inocentes detiene su paso y nos mira desde el denso follaje imaginado por el aduanero pintor.

Vamos con Pachungo por el borde del Elba y luego tratamos de internarnos. En algunas partes necesitaríamos machetes, tal es la densidad de la manigua. Se levanta un vapor húmedo de los esteros. Tengo que recurrir al inhalador cargado con ese derivado de epinefrina preparado por los rusos.

Es una primera exploración. Se molesta Pachungo cuando le digo que no quiero comprometerlo en las marchas. Que las haré con Vladimir. Le comunico que sólo estará conmigo un día, pues lo necesito en Praga para pasar los mensajes preparados para la gente de Bolivia. Se ofende. Reclama. Yo sé que tiene bondadosas instrucciones de cuidarme "a vista", como ángel de la guarda.

Pero lo obligo a acatar la orden. Vladimir lo acompañará hasta la entrada del campamento mañana por la noche, cuando esté terminada la tarea de levantar las carpas, la del campamento principal y la mía.

Ahora son las dos de la mañana. No puedo dormir como debiera. He cubierto la hamaca con el tul antimosquito que es mi elemento más precioso (sólo lo maldije en el Congo, aquella vez que una araña pollito estaba agarrada sobre mi cabeza, pero del lado de adentro del mosquitero, sin poder salir. Drama privadísimo. Fui levantando durante media hora, con extrema lentitud, el tul hasta que pude arrojarme de un envión al piso).

Asustan más los pequeños monstruos repugnantes que los grandes.

Escucho, después de tanto, las voces de la selva en la noche. De lejos se oyen aullidos de perros salvajes. De vez en cuando algún animal grande que abre el yuyal o se zambulle y avanza pesadamente por el estero. Algún grito de pájaros mayores.

Enciendo el candil. Uso el inhalador con el nuevo remedio, de gusto bastante repugnante. Tengo un asomo de silbido en el fondo del pecho.

El libro de Nietzsche. *La voluntad de poder*, la edición de Aguilar que me encuadernó Benigno en el Congo. Se había deshecho en la humedad. Le hizo la tapa con esta tersa piel del mono que preparó "a la cazadora", como él decía. Con pimienta y cebollas silvestres.

YO, VLADIMIR, TUVE UNA INTUICIÓN. Recuerdo que le dije:

—Tú no eres un deportista, Ramón. Estoy seguro de que eres militar, aviador, por lo menos. Porque son los aviadores los que hacen este tipo de entrenamiento.

Estábamos cavando una cueva, en el campamento principal, porque era mejor esconder los víveres. Así expuestos serían una tentación para los animales grandes, o para alguna banda de soldados rusos borrachos.

—Bueno, soy militar pero también atleta. Militar-atleta.

—¿Eres de los comandos?

—De alguna manera sí. Más bien *kamikaze*...

—¿*Kamikaze*? ¿Qué es eso? Pero te he adivinado, Ramón. Seguramente quieres competir en las olimpíadas militares de Oslo...

—Tal vez, si me inscriben...

Había algo de chiflado en Ramón. Era como si no se diese cuenta de la edad que tenía. Además, ese jadeo. No tenía mucha fuerza: mi pala se hundía en la tierra de la fosa que cavábamos al menos diez centímetros más que la de él.

Yo dormí la primera noche como un lirón. Al principio tenía miedo de caerme de eso que llaman hamaca. Pero cuando agarré el sueño...

Mientras desayunábamos, el señor Pachungo me dijo que era un lugar peligroso el que habíamos elegido. Se había levantado dos veces con la linterna. Creyó ver un jabalí que husmeaba hacia el campamento. No le pareció cosa de nada. Andan en piaras y en grupo se sienten todopoderosos. Son como los animales carroñeros y los humanos: la cantidad los envalentona.

—Por suerte —dijo Pachungo—, tenemos un fusil con municiones de las grandes.

Le informó a Ramón. Ramón se rió.

Después del mediodía ellos salieron en una primera marcha. A mí me dejaron para preparar la cueva, acomodar las cosas sobre un plástico seco, especialmente las cajas con los cartuchos, los papeles, el encendedor, el farol de gas y, muy cuidadosamente, los remedios de Ramón.

Se ve que el señor Pachungo es el jefe. Pero Ramón discute y se queda con la última palabra.

Eso me gusta; es como yo. Después los tres iniciamos la marcha a través del bosque hasta el lugar donde armamos la carpa para Ramón, que tiene que hacer sus ejercicios de supervivencia en soledad. Nos lleva toda la tarde. Cuando terminamos, hacemos un reconocimiento del bosque hasta el extremo de la curva del río, pues el tema de los perros salvajes se ha agravado considerablemente.

Nos cruzamos con varios perros exploradores, seguramente interesados en nosotros, los intrusos. Pero sólo al atardecer dimos con el grueso de ellos. El señor Pachungo y yo nos subimos a un alto roble salvaje y desde allí los vimos. Ramón se ubicó en una horqueta, con su poderoso largavistas, y nos quedamos observándolos. Se veía que el atardecer era para ellos hora de sosiego. Ya tenían costumbres de bestias primitivas. De vez en cuando alguna esporádica reyerta. Estaban a unos cien metros, muchos con la lengua afuera por el calor. Ocupaban un frente amplio, de unos cien metros, y según el señor Pacho eran de distintas razas.

Ramón hacía observaciones divertidas sobre los perros. Pero el señor Pachungo estimaba que no dejaban de ser peligrosos.

—Peligrosos podrán ser, pero son perros —dijo Ramón.

Tardamos una hora en volver al campamento 1. Tuvimos que evitar los esteros porque el fango llegaba hasta la media pierna. Nos asedia-

269

ron nubes de mosquitos que hasta se metían en los ojos.

Ramón, a las carcajadas, sacó en broma su fumigador y les tiró una nube de ese maloliente remedio soviético que usa varias veces por día. Aunque parezca mentira, nos dio la impresión de que los mosquitos huían y que muchos caían muertos.

—El santo remedio de Stalin —dijo Ramón.

Llegamos cuando oscurecía y esa noche tuvimos el primer incidente con los perros.

Preparamos una opípara cena. Con cerveza Pilsen Urquell. El señor Pachungo cortó en rodajas la carne en conserva y la hizo a la sartén con patatas y cebollas.

Notas de Podebrady. Los perros fueron un espectáculo inesperado. Nos subimos a lo alto de un árbol y nos quedamos observándolos durante más de una hora. Estaban acampados en un claro, cerca de un estero.

Perros cimarrones, pero de razas bravas. Perros militares transformados en simples bandidos, depredadores. Se fueron fugando del cuartel ruso con sus hembras. Eligieron la libertad, como Soljenitzin. Ahora viven en la barbarie de la selva de Podebrady.

Un espectáculo fuerte. Con el largavistas me

resultó fácil ir ubicando las razas predominantes. Yo se las cantaba a Pachungo, que asentía o disentía, porque sabe mucho de perros.

Estaban desplegados en aparente desorden, pero si se observaba bien se diría que los colores de pelaje indicaban grupos raciales.

Un poco más cerca de nosotros y de los bordes del estero se veían unos mastines sólidos, de pelaje negro y marrón tirando a veces a ocre, con cabezotas anchas y hocicos chatos.

Convinimos con Pachungo en que eran rottweiler. Aunque por todos lados se movían cuzcos bastardos, los grandes grupos o tribus se distinguían. Hacia atrás, cerca del comienzo de otro bosque cerrado como el que habíamos elegido, se veía una multitud de perros-lobo siberianos (esos con el pelaje a veces plateado, como zorros finos). Se veían también perrazos azabaches, bastardeados en las cruzas pero que demostraban la elegancia y el nervio de su casta primigenia: los doberman, con sus hocicos largos y sus patas ágiles y altas, de galgos.

Cuando volvíamos, Pachungo me contó la historia de los rottweiler. Se dice que fueron criados, mediante cruzas de diversos mastines, por los romanos del tiempo de César en los cuarteles del sur de Alemania. Eran los perros militares por esencia. El perro imperial. El supremo legionario. Se los alimentaba con carne de esclavo y se les hacía oler o morder la carne de los prisioneros. Se constituían así en los mejores guardianes de la caravana de cautivos desdichados.

El perro de la legión. A los jefes se les marcaba la insignia de su rango con recortes de oreja o quemaduras geométricas.

Es un perro genéticamente preparado para el orden imperial.

Según Pachungo, los siberianos son anárquicos. Participan de la naturaleza valiente y heroica del lobo, pero no saben organizarse comunitariamente. Luchan en eternas guerras por territorios, se debilitan así ante la astucia del hombre.

En lo que hacía a los doberman, Pacho los admira por su fibra neurótica y su capacidad de afecto. Pero fueron siempre considerados militarmente como perros-héroes, movidos por motivaciones individuales (no tienen sentido de jauría). Los rusos los utilizaron mucho por su velocidad y nobleza, durante la Segunda Guerra. Les fabricaban unos chalecos de cuero y les ponían granadas o gelinita con detonadores a distancia o por impacto. Así atacaban, según su entrenamiento, tanques, baterías, nidos de ametralladoras u objetivos civiles. Noblemente los doberman volaban despedazados una vez alcanzado el objetivo.

Ahora vivían en el bosque primigenio de Podebrady, venciendo o pereciendo, según la adaptabilidad de sus códigos genéticos. Liberados de sus amos, en el peligro de la libertad.

Desde que oscureció se hicieron audibles las voces y los cantos de la lejana guarnición soviética. La brisa facilita la llegada de la algarabía, en gritos, el escándalo de una fiesta cuartelera rusa. De vez en cuando un aullido mayor. Un fondo permanente de acordeones esteparios. Sutilezas de *balalaika* tragadas por los vozarrones huevosos de los bajos, tipo banda del coronel Alexandrov. Uno se puede imaginar grandes botellas de cerveza, vasos de *brandy* o de coñac Armeniansky vaciados de un golpe y litros y litros de esa vodka ordinaria que ellos fabrican complotados con sus jefes. Exactamente a la medianoche cesaron las músicas, seguramente por causa del reglamento, pero las voces, los aullidos disparatados y los coros improvisados siguieron esporádicamente.

Estábamos en el campamento 1. Yo leía:

"Axioma: hay un elemento de decadencia en todo lo que define al hombre moderno; pero junto a la enfermedad hay indicios de una fuerza y de un poder virgen. Las mismas causas que determinan el empequeñecimiento de los hombres llevan a los fuertes y excepcionales a elevarse a la grandeza. Sucumben ahora innumerables individuos de tipo superior, mas los que sobreviven son fuertes como el diablo. La situación es parecida a la del Renacimiento."

"Ésta es la hora del gran mediodía, de la pavorosa luminosidad."

(Mientras leía me di cuenta de que había demasiado rumor en la manigua cercana al campamento. Pero lo atribuí a la brisa.)

"El socialismo —como la tiranía llevada al extremo de los más inferiores y estúpidos, esto es, de los superficiales, envidiosos y farsantes— es en efecto la conclusión última de la ideas modernas y de su anarquismo latente. En la doctrina del socialismo se disimula mal una voluntad de negación de la vida."

"El nihilismo es el repudio radical de valor, sentido y meta. ¿De dónde viene éste, el más inquietante de todos los huéspedes?"

Estaba yo en este juego de contradicciones y provocaciones de Nietzsche, cuando sentí que Pachungo despertaba a Vladimir. Teníamos una luz prendida en el centro de la carpa (aparte de mi candil). Intuíamos que algo pasaba. Pachungo cargó con sigilo la escopeta del 12 que habían traído, y salió linterna en mano. Lo seguimos.

Nos enfrentamos al increíble espectáculo de estar rodeados por regimientos de canes. Estaban sentados o echados formando más o menos un círculo alrededor de la carpa.

Pacho lanzó el haz de luz de la linterna con lentitud. En la noche brillaban los ojos como luces de refracción, con destellos amarillentos o rojizos.

No parecían dispuestos a atacarnos. Era más bien una silenciosa demostración de fuerza. Creo que si en ese momento hubiesen arremetido nos habrían aplastado y posiblemente devorado. Permanecían a no más de treinta metros. Un enorme rottweiler, con la piel dañada por una demasiado larga vida de perro, estaba echado en un puesto central, rodeado de ejemplares más jóvenes. Los siberianos a veces lanzaban gemidos cortos y se lamían y expulgaban. Aquello tenía algo de fantástico. Pero era una inmovilidad cargada de amenaza. Nos habían tomado por sorpresa, pero no sabían aprovechar la oportunidad.

Pensé que el menor movimiento rápido, evidente o agresivo, podría movilizarlos al ataque. Pachungo opinaba que se irían. Pero volver a las hamacas hubiese sido lo mismo que pretender dormirse bajo una oscilante espada de Damocles.

El equilibrio inestable iba en favor de ellos, que habían conquistado las mejores posiciones. Le pedí a Vladimir que tuviera preparadas un par de latas o de botellas con el combustible traído para los candiles.

Pese al criterio pasatista de Pachungo, que quería esperar y resolver cuando se modificase la curiosísima situación que nos proponían los perros, comprendí que el equilibrio inestable era favorable a las jaurías. Me pareció que había que sorprenderlos quebrándoles esa posición de ventaja que habían obtenido merced a nuestro sueño, a la distracción acústica de la fiesta de los rusos, y (reconozco mi culpa) a mi entrega a la cómoda lectura de Nietzsche.

Tomé el fusil, le pedí a Pacho que iluminase hacia la posición del rottweiler viejo, y a Vladimir que encendiese las botellas de combustible y se las arrojase, si le daba la orden.

Fue una buena perdigonada, con los cartuchos que aquí usan para cazar ciervos. Un perdigón o dos le dieron en la cara al mastín. Me pareció volarle un ojo. El estampido fue escandaloso en la noche y el silencio. Ensordecedor fue el caos de ladridos y aullidos. Herí seguramente a dos o tres bastardos. Los animales se revolvían en una feroz trifulca. Algunos despedazaban a los tres o cuatro heridos.

Lo importante es que no avanzaban, más bien ganaban la manigua. Juzgué necesario un segundo disparo hacia los lobos y siberianos que miraban y aullaban, indecisos, hacia nuestro campamento.

Vladimir se mantenía atento, con su modesta artillería defensiva, que no fue necesaria emplear.

Era un furioso huracán de canes en odio. Se embestían entre ellos. Inconscientes de nuestra enorme debilidad, habían tomado el rayo de luz de la linterna y el estruendo de mis dos disparos como algo realmente sustancial, que los obligaba a emprender la retirada hacia lo hondo de la manigua.

Era evidente que las jaurías se enfrentaban despiadadamente. Entre la masa de ladridos se destacaban los aullidos desgarradores de los despedazados. Se fagocitaban. Se canibalizaban. El olor de la sangre los iba enloqueciendo progresivamente hasta precipitarlos en una hecatombe abominable.

Los últimos —o penúltimos— borrachos de la fiesta rusa se percataron del escándalo canino. Alguien corrió por el bastión hacia la torreta de vigía. El reflector recorrió en vano las copas de los árboles inquietando la ya poca paz de las pavas de monte, los zorzales y palomas torcaces.

Era un rayo luminoso ebrio, manejado por usurpadores. Luego se oyó una ráfaga de ametralladora que cruzó el bosque y se perdió en mil ecos.

Con Pacho avanzamos hacia la manigua. Establecí prudentemente turnos de guardia. Yo empezaba, seguía Pacho y al amanecer, Vladimir.

Hicimos café. Encendí mi pipa. Nos sentíamos vagamente victoriosos de una primera batalla.

Como no conseguí dormirme, pude gozar del amanecer veraniego. Sentí una enorme y pagana alegría. Casi era la exaltación similar a la que vivíamos con Granado cuando, ya cansados de un lugar, iniciábamos una nueva etapa con nuestra maltrecha motocicleta, en ese viaje por la América profunda que ya me parece lejano, como perteneciente a otro, de otra vida.

Ese aire fresco de la partida. Esa inigualable alborada del cambio.

Es sabido que Checoslovaquia ha entristecido

y raleado sus pájaros con la terrible contaminación del carbón quemado, la principal fuente de energía del país. Pero allí, en el bosque olvidado de Podebrady, los pájaros se habían refugiado como en una reserva. En los esteros del Elba desbordado se crían mil especies de patos, garzas y zancudas de diversos colores.

Respiré el aire puro y muy fresco. Y no necesité aplicarme el inhalador. Vladimir, restregándose los ojos, vino a saludarme. Pachungo dormía.

Recorrimos el campo de batalla. Había algunos pocos restos de los perros heridos, despedazados por la misma jauría.

—Ha estado estupendo, Ramón. Hizo bien en no hacerle caso al señor Pachungo. Yo creo que, si no tirábamos y un primer perro avanzaba hacia el campamento, ya no contaríamos el cuento... Me gusta haber venido con usted, Ramón. Usted es como yo, se maneja con corazonadas. Así hay que hacer; la vida es muy corta como para pensar mucho —me dijo Vladimir con entusiasmo.

Tal como lo temí, Pachungo expuso serias protestas reclamando contra mi orden de que partiese. Pero era importante su comunicación con La Habana y con la gente de Bolivia. Los tiempos se acortan.

A las nueve, como se había previsto, partió con Vladimir a través del bosque hacia el puesto de entrada. Sabíamos que, como en todo el universo soviético, iba a tener más dificultades para irse que para entrar.

Antes del mediodía llegó Vladimir de regreso. Probamos los intercomunicadores militares que nos habían facilitado. Eran primitivos y aparentemente eficaces, pero casi todas las bandas estaban interceptadas por los rusos. Hablaban interminablemente, se reían a carcajadas, se ligaban con las emisoras soviéticas... Era muy difícil entenderse cuando lo intentábamos con Vladimir.

Pero salvo estos inconvenientes me sentía feliz y seguro de que mi cuerpo resistiría las más duras exigencias.

Respiro hondo. Camino entre los árboles.

Nietzsche diría que el socialismo militar y troglodita de la guarnición es el "socialismo nihilista". Hay otro socialismo, el del hombre nuevo. Sin el hombre nuevo no se puede afirmar el socialismo. Y sin el socialismo afirmado en grandeza de señorío y en amor, no podrá edificarse el hombre nuevo.

La suerte está echada. O se nace o se muere. O se nace o entramos en el ciclo de la sombra, en la nada.

YO ACOMPAÑÉ A RAMÓN a instalarse en su carpa, lo que llamábamos el campamento 2.

Hay que caminar casi media hora desde el campamento 1. A Ramón le gusta la carne de vaca, cocinada al carbón, con el hueso. Me dijo que me invitaría. Le pedí que me hablase de Miami. No le gustaba mucho hablarme de eso.

—Yo estuve en Miami esperando que arreglasen un avión descompuesto. No tenía dinero. Lo pasé mal. Había días en que no tenía para comer. Tú tienes una idea imaginaria de Miami. ¿Qué tú piensas de Miami, qué ves?

Yo le dije que imaginaba un cielo azul, muy luminoso. Hay grandes carteles iluminados. Yo circulo por unas calles despejadas. Manejo un auto descapotable. Voy con una camisa abierta y me gusta ver los carteles publicitarios. Me imagino que fui invitado a alguna competencia de atletismo.

—¡Pero qué sientes!

Le dije a Ramón que uno sentía que se sentiría feliz.

—Pero te estoy diciendo que lo pasé mal, que es duro sobrevivir. Un día tuve que meterme en una trifulca porque apaleaban a un negro.

Bueno, Ramón podrá tener sus razones, pero uno siente que es la vida. Que vaya bien o mal, pero uno puede ir por dos caminos. Y Elvis Presley y ese rock nuevo. Yo no sabía explicarle a Ramón, porque uno no tiene siempre ideas sino sentimientos o corazonadas.

—¿Pero tú no has sido *komsomol*?

Le expliqué a Ramón que uno estudia todas esas cosas. Y que muchas de esas cosas están bien. Pero uno y sus amigos se van formando otras ideas...

Así hablábamos cuando llegamos a un cráter de las viejas explosiones de obuses, de años atrás, cuando el campo había sido usado también para pruebas de artillería. Nos encontramos con un espectáculo muy impresionante.

Se ve que en la batalla de los perros, durante la noche, una familia de ciervos había corrido el riesgo de salir de su escondite y fue devorada.

Allí, en el fondo de la hondonada, se veía al gran ciervo, con una cornamenta de dieciséis puntas, todavía vivo. La mitad del cuerpo era comido por una nube de ratas negras. Eran como una única fiera. De vez en cuando bramaba el ciervo, con sus ojos grandes muy abiertos; cerca yacían los restos de las hembras y las crías. Sólo quedaban huesos roídos y retazos del pelaje. A la furia de la perrada había seguido la inmunda tarea de un millar de ratas.

Nos pareció que ese magnífico animal todavía trataba de estirar el cuello hacia nosotros. Ramón me pidió que fuese a buscar la escopeta, pero para eso se necesitaría media hora.

—¡Déjalo! Vamos a despenarlo lo antes posible...

Me di cuenta de que a Ramón le había empezado el jadeo del primer día. Estaba muy nervioso. Tomó el cuchillo de monte, con sierra. Tal como me indicó, pasé la cuerda por la cornamenta y mantuve firme al animal. Él bajó por el terraplén y lo degolló con un corte firme y profundo. En dos minutos el ciervo dejó de sufrir.

—¿Ves, Vladimir? Lo salvamos del horror.

Nos hubiera gustado quemar esa multitud repugnante de ratas que se movía impulsada por la sangre que caía por el cuello del gran venado.

La manga de la cazadora de Ramón quedó empapada por la sangre espesa del animal. Era de un rojo vivo, rojo lacre.

Alcanzamos el borde del Elba, absolutamente desierto en esa zona por donde sólo navegan chatas transportadoras de carbón.

En ese lugar, Ramón quiso hacer un ejercicio

de ascenso a los árboles y de transporte a través de una hondonada usando la cuerda que yo acarreaba e instalando poleas.

Ramón no respiraba muy bien pero no me dejaba hacer su parte del trabajo. Una de las dos poleas la estableció él, trepándose a un pino bastante difícil.

Cuando las cuerdas estuvieron tensas, pasamos colgados sobre el espacio de la hondonada. Él me pasó a mí y luego yo a él.

Le pregunté por qué hacía semejante esfuerzo.

—Es necesario que esté perfectamente entrenado. Tengo por delante una competencia extraordinariamente difícil.

Me pareció que Ramón no debía quedarse solo por la noche. Me pareció innecesario. Se lo dije. Y le dije que yo no intervendría en nada en sus ejercicios de supervivencia: él cocinaría, él cazaría o pescaría.

—No se trata de eso, Vladimir. ¿Tú tienes miedo, acaso?

Me reí, pero le dije que lo veía muy confiado con los perros. Las jaurías sabrían perfectamente quién disparó.

—Que vengan, Vladimir. Eso sería parte del entrenamiento.

Notas de Praga (Podebrady). Día fructífero. Pese a sus reparos, despaché a Pachungo Montes de Oca a atender desde Praga las comunicaciones con Bolivia y La Habana. Vladimir lo llevó hasta el cruce y esta vez no hubo dificultades con los rusos.

Fue un día rico en horrores y pruebas. Soporté el ejercicio más exigente para mí, que es cruzar un riacho u hondonada con cuerdas y poleas, deslizándome por lo alto, suspendido. No me fallaron las manos ni me di tregua. Hice el paso casi en el mismo tiempo que el atlético Vladimir con sus veinte años. Estoy sondeando el extremo de mis posibilidades. Mi pulso y mi jadeo, después de esa prueba máxima, no fueron escandalosamente alarmantes.

Al menos el chico no pareció darse cuenta. Hice bien en despachar a Pachungo, por si algo fallase en mí. No quiero llegar a Bolivia con fama de que estoy *salao*, como el viejo pescador de Hemingway.

Mi propósito es claro: si todo va bien en esta semana de prueba extrema, pese a las ideas de Ramiro Valdez, me permitiré el lujo de encaminarme directamente a Bolivia, con el probado disfraz que uso en Praga y por el itinerario que estuve estudiando.

Será un enorme golpe de prestigio en lo que hace a esa mezcla de misterio y mitología del "jefe". Nadie podrá entenderlo como un desplante. Más bien sería una muestra de voluntad de independencia y de afirmación. El mito, el carisma, es nuestro *Dawa*. Hay que saber beberlo en el momento oportuno.

"¡Qué quieres demostrar! ¡Es una pendeja-
da!", Ramiro se indignaba.

"No... ¡No eres tú quien estará en Cuba hasta
que partas debidamente entrenado con la gente
seleccionada!"

Pero uno tiene algo de humorista. Uno se
rebela también contra lo indiscutible. Eso es el
daimón de uno. Un demonio personal. Si no lo
tuviéramos, o si no supiésemos a veces seguir sus
disparates y corazonadas, seríamos simples mediocres. No seríamos. (Y sé que Celia, mi madre,
se sacude de risa. Acepta esta nueva locura. Ella
sabe por qué... Me comprendería.)

Después del ejercicio con las poleas y ascensos
por los árboles, Vladimir tuvo el impulso de volver
a la hondonada del ciervo muerto (que degollé por
piedad cuando era roído del vientre para arriba
por centenares de ratas), para trabajar dos horas a
punta de cuchillo para limpiarle la cabeza y
recuperar la lujosa cornamenta. Le pregunté al
komsomol por qué lo hacía, si era para recuerdo.

—¡Qué va! Esto se vende a precio de oro a los
turistas de Alemania Occidental que vienen a las
reservas de caza. Ellos pagan una fortuna para
poder cazar aquí y apenas se dan algunas visas por
año. ¡Pagan todavía más por un trofeo de éstos,
cuando no cazaron nada!

Había hecho un gran día. Esa cornamenta significaba dólares, *blue jeans,* discos de los Beatles.

¡Yo, que pienso y recomiendo el retorno a los "incentivos morales"! Aquí hay algo peor que la burguesía occidental, bastante cansada de tener y de consumir. Hay una burguesía callada, expectante, hambrienta de cosas. ¡Correrían como esos miles por las plazas, desafiando las balas de la Okrana en octubre de 1917, pero esta vez para entrar en Harrod's, Macy's o A la Ciudad de México, o en Gath & Chaves!

La mirada desesperada del ciervo. La piedad de la hoja de cuchillo. Un solo corte y el ciervo es desembarazado del horror, de las ratas y devuelto a la eternidad. Los desérticos y puros campos de la eternidad.

Vladimir se va llevándose la formidable cornamenta hacia el campamento 1.

Probamos los intercomunicadores, nos cuesta hablar. Esto podría ser grave. Emergen atroces voces rusas. Hablan horas y horas desde los puestos de guardia. O irrumpen ondas radiales distorsionadas. Nuestras voces no logran abrirse camino en el escándalo hertziano. Sólo oigo las risotadas de Vladimir ante mis insultos y gritos pidiendo un paso imposible entre el vocerío soviético.

Aquí, lejos de la ciudad, empiezo a sentir un enorme agradecimiento por el tiempo de Praga. Cinco meses pensando, devuelto a mí mismo. Fuera del yo público, de la impostura de todo jefe, del poder, de la acción política. Devuelto al anonimato a través de la máscara. Viendo y viviendo la calle sin el cristal aislante del poder.

¿Desde cuánto tiempo no estaba solo? Sin máscara. ¿Sin ese Vázquez Rojas-impostor que se llama mundialmente Che Guevara? ¿En el llano de la vida, sin imposturas de la fama?

Allí, en los cafés, o caminando despacio por la Mala Strana, era ese olvidado "yo mismo" que traicionamos no bien podemos.

Desde allí veía al Guevara público. Subiendo al estrado de las Naciones Unidas con los borceguíes desatados. En la caravana de autos Chaika entrando en el Kremlin por la torre Spasskaia. Tian An Men. La multitud que corría detrás del aroma de mi cigarro cuando pasaba por las calles de La Habana. En los estudios de televisión de Nueva York, y así. Aquél era el otro.

Chuang Tsé: Soy Chuang Tsé, que sueña que es una mariposa. ¿O es una mariposa que sueña que es Chuang Tsé?

Sabor de perplejidad. Sabor de banalidad.

Allá, en la casa de Nuevo Vedado, está Aleida con los niños. Corren por el corredor que da a la puerta. Camilo juega gateando debajo del cuadro con mi imagen atrozmente visionaria-bondadosa, pintada por un artista caído en la sentimentalidad. Los llamados, las voces, el perro, el árbol del jardín de entrada. El aire salino que viene del mar. La casa sin padre.

La casa con padre-guerrillero-heroico.

Apacible noche de reflexión mientras se hace lentamente el asado sobre las brasas que encendí. Tomo despacio una copa de vino Rulander.

Voy a extrañar a Vázquez Rojas, con sus insolencias matinales. Me dice:

—Guevara, te acercas al punto decisivo tan lleno de dudas como al comienzo. Has montado una máquina de conspiración en la otra punta del mundo, en tu mundo, para repetir lo que aquí, en el corazón del "sistema soviético socialista", ya nadie quiere y hasta a ti mismo, aunque no lo confieses como debieras, te causa repulsión. ¡Estos burgueses de gris, estos ventajeros y minicapitalistas del mercado negro! ¿Es que no ves a Rosevinge, a Vladimir, a los jóvenes del café Reduta? ¿No los ves o no los quieres ver? ¿Es verdad que vas a desencadenar lo de Bolivia?

—Es verdad. Es casi el último momento. Hay un momento de paridad de fuerzas militares, esto es, de fuerzas que puedan dirimir qué dirección va a tomar el mundo. Tú, Vázquez Rojas, eres un pequeño burgués y no puedes comprender. Tu fuerza no pasa del escepticismo y de la ironía. No me puedes comprender. Parece ridículo decirlo, pero intento lo imposible: que un Vietnam final impida que el socialismo se precipite en su ruina con el arsenal intacto. Un Vietnam final que impida que sobre el cadáver de este socialismo degradado, la Gran Cerda capitalista concentre todas sus fuerzas de explotación y el mundo termine en una orgía de mercaderes y en una multitud de esclavos. ¡Vos mismo te joderás, Vázquez Rojas! No sos más que un pequeño empresario. ¡Te barrerán! ¿No has leído a Marx? ¿Te resulta demasiado pesado? Mírate: dos días sin cortarte el pelo, dos días dejándote la barba y sin la prótesis de los dientes, y no sos más que lo que serás: ¡un pequeño empresario quebrado pidiendo crédito en el City Bank!

—Tú, Guevara, nunca has entendido nada del mecanismo de la economía capitalista. Sin embargo te asombra que en cualquier país capitalista, inclusive los marginales, la fruta se distribuya, las lapiceras escriban. Te horrorizó el socialismo de los tropicales y el de estos otros, los grises y neblinosos del Este europeo. Te horrorizó ver que ni la máquina de café pueden hacer funcionar.

Es verdad lo que dice Vázquez Rojas. Odié el capitalismo y a los capitalistas. Creo absolutamente en la justicia social. Es verdad que fui mal director del Banco y mal ministro de Industria. Pero eso es falta de preparación o de vocación para la segunda tarea. La primera es la guerra por el triunfo del socialismo, por la posibilidad del hombre nuevo. Eso, exclusivamente eso, es lo mío.

Vázquez Rojas tiene razón, pero son razones perimidas.

Ya no hay tiempo para la duda.

Mientras como con fruición argentina el asado de vaca que me preparé, oigo un ruido en la manigua. Cuando se repitió, recorrí el entorno con la linterna y a unos veinte metros di con el tremendo rottweiler herido. Se le veía una sombra rojiza en la mitad de la carota. Estaba echado, misteriosamente inmóvil y solo, con el ojo que le quedaba puesto en mis movimientos en la carpa. Cuando terminé el asado le tiré un par de huesos a dos o tres metros de su posición. No se movió. Tenía su dignidad y no se daba por vencido.

El viejo mastín imperial.

El can imperial desapareció con el mismo sigilo con que había llegado. Fue una noche apacible; le dejé la escopeta a Vladimir. Estaba muy cansado y dormí de corrido hasta el amanecer.

Cuando me desperté en la hamaca ya estaba Vladimir preparando el café en el calentador de alcohol. Había hecho dos viajes desde el campamento 1 trayendo los materiales para los ejercicios programados. Cargó las dos mochilas de treinta kilos que dejó preparadas Pachungo según mis instrucciones.

Tomamos el café con pan negro y salame húngaro.

—Me gusta, Ramón, acompañarte en el entrenamiento. Muchas veces me aburro en la embajada; todo es rutinario aunque, lo reconozco, siempre encuentro tiempo para hacer barra y flexiones —dijo Vladimir—. Me gusta, Ramón, este entrenamiento. Tú eres simple y directo como yo. Pensamos lo mismo; eso me gusta. Yo también sentía que había que degollar al ciervo...

Programé un camino diferente al del primer día. Ya no necesitaríamos llevar la engorrosa cuerda. Sería una marcha de no menos de doce kilómetros. Al principio a través de la manigua hasta dar con un llano cerca del recodo del Elba. Pachungo había bautizado ese lugar "el país de los jabalíes", porque por allí habíamos divisado una piara numerosa. Vimos un magnífico urogallo. Un verdadero espectáculo con su cola desplegada.

Era la tierra primigenia, devuelta por el hombre a los animales y a la feracidad vegetal. Hicimos dos kilómetros a paso de reconocimiento y dos a paso urgente, de retirada. En ambas pruebas me sentí estupendo.

(Tomé todas estas notas en el descanso, en un claro del bosque.)

Todo es húmedo y feraz. Es como los paisajes del Tigre o de Misiones. Pero aquí la selva es dura, violenta, menos jugosa. Durante tres o cuatro meses toda esta vegetación está cubierta por hielo y nieve y rezuma una especie de resentimiento que estalla en cada primavera.

Con el largavistas seguí la evolución de los jabalíes. Los supuse en eterna lucha con los canes. La jauría los vence por valentía o por cantidad. El jabalí enfermo o viejo se apoya siempre contra un tronco y acierta con las puñaladas de sus colmillos a cuatro o cinco perros que intentan colgársele del cogote. Pero no puede impedir los que hacen presa de sus paletas y garrones y lo van desangrando.

Ni bien cede, toda la jauría desordenadamente se precipita y se hace un festín con su apreciada carne. Luego las ratas y por último las hormigas...

En verdad, el último sería Vladimir, porque se demoraba tratando de arrancar los colmillos de la calavera.

—Se venden en Praga, como amuleto de los muchachos rockeros. ¿Ves, Ramón? Le hago un agujero y luego le paso una cinta de cuero y queda como collar... Dos dólares. Cinco para los rusos...

Habíamos salido a las once. El Sol era fuerte y sudábamos. Cazamos una pava salvaje, que cayó de lo alto de un pino escandalosamente, como una guía telefónica, desplumándose.

Vladimir la preparó, la limpió y la hicimos a la llama de leña blanda. Encontramos un arroyo de agua discretamente limpia.

Soy un buen comedor de la fauna selvática. He pagado mi aprendizaje con terribles diarreas, como las del Congo. Mi menú incluye desde el elefante hasta el gusano. Para esta tarea culinaria, Benigno será siempre insustituible para presentarme como pato a la naranja repulsivas iguanas en salsa de membrillos amargos o monstruosas salamandras peladas y acondicionadas como langostinos frescos...

Media hora de descanso. Leo mi libro. Vladimir se aburre en la quietud y se pone a hacer una envidiable serie de ochenta despiadadas flexiones. Me dice que es lo mejor para bajar la comida. Entonces dejo el libro y me echo boca abajo y me pongo a hacer ochenta flexiones.

El retorno fue duro. Con el calor se multiplicó el peso de la mochila. Volvimos por los esteros espantando patos y aguantando la agresión de las nubes de mosquitos, abejorros y garrapatas.

Esos esteros son de fondo muy blando, y nos hundíamos hasta más arriba de las rodillas. Por momentos recordé los peores pasajes de mis marchas. Si Álvar Núñez Cabeza de Vaca es el primero y más denodado caminante de América, yo estoy seguro de ser el segundo. Es algo, aunque no tenga otro mérito en mi vida.

Llegué deshecho al campamento 2. Me tendí en la hamaca sintiendo que la fatiga se me escurría por las agotadas piernas como esa agua fangosa que caía de los borceguíes. Con las flexiones me pasé, en mi eterna sobreactuación.

Me cuesta tener los ojos abiertos. Me dormí cuando Vladimir me decía:

—Dos veces, Ramón, estuve a punto de dejarte o tirar la mochila. ¡No podía más!

Me fui despertando y comprendí que la Dama del Alba estaba allí, delante del campamento y de mi hamaca. No era el crepúsculo matutino; era el vespertino, cuando también suele presentarse.

Supe que estaba allí porque sentía una enorme debilidad y el silbido desde el fondo de mi pecho. Como tantas otras veces, la Dama aparecía con un fondo de voces que me llevaban a la nostalgia. Esta vez era mi madre, Celia. Habla en el jardín de la casa de Alta Gracia. Yo estoy postrado por el ataque, en mi dormitorio. Ella está sentada bajo los frutales, en aquellos sillones blancos. Habla de Franco y de don Manuel de Falla. Del frente del Ebro, de los nazis. Su voz rápida, irónica, se burla de los beatos cordobeses, del intendente, de los militares. De vez en cuando la risa de mi padre y hay alguien más. Podría ser Celentano, el gerente del Sierras Hotel, de visita. Celia, su susurro... Aquellas revistas que ellos me iban a comprar al kiosco de la estación en los "días de asma". El *Pif-Paf*, el *Ra-Ta-Plán*, el *Tony* (los miércoles, con las aventuras de mi ídolo, el Enmascarado Solitario). El sesudo *Tit-Bits* con sus aventureros exóticos en el Sahara o El Cairo...

Vladimir me dejó un papel en la hamaca: "Ramón, te dejo dormir, voy al campamento 1. Es necesario extender la soga para ponerla a secar para que pese menos. Te dejé la escopeta al lado de la hamaca. Ojalá puedas dormir bien porque respirabas mal. Llámame por la radio si me necesitas".

Anoto despacio, apenas incorporado en la hamaca. No tengo fuerzas. Las frases me ayudan a olvidarme la penuria de aire y la obsesión de seguir segundo a segundo el "sentido" del ahogo.

Por momentos la ilusión de que decrece. Por momentos el puro miedo.

Pero es un ataque firme de la Dama que está allí, apenas como una claridad contra el fondo de los pinos salvajes.

Alzo la cabeza. Lamento no estar en lo alto de un árbol buscando ilusorias vetas de aire ágil, fino, plateado, que se deslice por mis bronquios cerrados, cerrándose progresivamente.

Soy Guevara, el varón rampante. En el Congo, en Sierra Maestra. Acomodándome en las buenas y anchas horquetas, con la habilidad de un mono viejo y sufrido. Boqueando hacia arriba, buscando esas vetas que se me hacen frescas, respirables.

Creen que es una excentricidad. Nunca lo expliqué. Pero ahora sólo puedo alzar un poco la cabeza. El aire es denso, lo absorbe y lo devuelve la manigua, como un gran animal, una bestia abusadora. Aunque por momentos creo que baja una línea fresca. Quiero robarle a la manigua mi porción de aire.

Comprendo que el medicamento ruso, el derivado de epinefrina, aparte de su espantoso olor —al punto casi de servir de mosquitero— me produce una reacción lamentable. Me imagino como esos sapos que hinchan la glotis para emitir llamados sexuales. Es como si se me hubiese ampollado el fondo de la lengua y la laringe. Renuncio definitivamente al inhalador.

Ahora sigo anotando, pero fue un momento infernal: traté de incorporarme, pero las piernas no se mueven y los brazos se doblan al apoyarme en la hamaca. Sólo puedo estar discretamente sentado, levantando la cabeza y haciéndola oscilar como quien mueve el vaso para beber un hipotético sorbo.

Si alguien me mirase vería que mi cara se ha puesto azul. El jadeo y silbido, y cada vez menos.

La Dama entra a matar. Haré un esfuerzo supremo para alcanzar el intercomunicador. Mi brazo se dobla.

Hoy la Dama por fin vence...

Yo oí el intercomunicador. Estaba haciendo las flexiones de antes de la cena. Puse la banda correspondiente y se oía el caos de siempre y por momentos el *kasachschov*, ese baile de moda de los rusos. Intenté pero no salía la voz de Ramón. Y como él me había prohibido terminantemente dejar el campamento 1 sin su autorización expresa, seguí haciendo mis abdominales. Pero el aparato sonó de nuevo y como me aburría y tenía una excusa, me largué hacia el campamento 2.

Fue grande mi sorpresa cuando a cincuenta metros del campamento vi que, como en la primera noche, las jaurías habían formado posición.

Mi sendero se interrumpía entre una multitud de siberianos que se movían lentamente. Caminé sin demostrar miedo, porque eso es lo peor, ya que huelen nuestra adrenalina y eso los precipita al ataque. Me deslicé sin mirarlos mucho, más bien como reduciendo el paso. Algunos empezaban a gruñir y mostraban los dientes. Se les arruga y endurece el morro, los ojos se les enrojecen. Aparece el lobo. Lo cierto es que llegué. No había oscurecido del todo; por eso no habían atacado. El perro es sustancialmente cobarde. Alrededor del campamento estaba la multitud silenciosa, echados u oliéndose o bostezando, como en la primera noche. Los rottweiler se habían acomodado en el mismo lugar. Los siberianos, como una amenazante caballería, en la manigua.

Confieso que creí que Ramón estaba muerto. El lugar olía a farmacia destripada. El inhalador se había destapado al caer al lado de la hamaca. Ramón estaba azul, con las venas hinchadas y con unas ojeras tremendas. Se despertó, porque ya estaba como entregado a morirse.

No podía mantener el cuello alzado. La cabeza se le volvía a caer sobre el pecho.

Entre los botones de la camisa había un papel arrollado; era un mensaje: "Vladimir. Creo que me encontrarás muerto. Decile al señor Pachungo que queme inmediatamente este cuaderno que está bajo mi pierna. Hay notas personales que nadie debe conocer. Que lo queme. Por Dios, que nunca caiga en manos de mi familia. Adiós, Vladimir, que tengas suerte. Si me encontrás vivo aunque desmayado, tiráme al suelo y apretáme el pecho, las costillas, la espalda, hasta que pase aire. R".

Pensé que si yo tomaba la escopeta y volvía a hacer lo de Ramón en el primer día, estaríamos perdidos. Los animales aprenden más rápido que los humanos. Nunca pasan dos veces por el sendero donde les dispararon. Ya sabía que morirían dos o tres, en el mejor de los casos, en cada disparo, pero la cantidad nos vencería en un santiamén.

Yo estoy seguro de que Ramón estaba pensando lo mismo.

Si lo echaba al suelo y me ponía a hacer flexiones, sobre su pecho, como me pedía para hacerle pasar aire, perderíamos el último reflejo de luz que se filtraba a través de los árboles. La jauría se echaría sobre nosotros alarmada por los movimientos violentos.

Entonces tomé las ramas encendidas del fuego que yo mismo había prendido cuando Ramón se durmió. Porque me lo pedía, puse los cuadernos en mi chaqueta y de un envión me cargué a Ramón al hombro.

El viejo rottweiler, herido la otra noche, se alzó y la perrada fue recorrida por diversos gruñidos. Intuí que se comunicaban. Lentamente fui alcanzando el sendero trasero, hacia el campamento 1. El jadeo de Ramón era terrible. Era como llevar a un ahorcado.

Le colgaba la mano y eso podría ser una tentación para los siberianos. Empezaron a ladrar, sentí que atacarían. Algunos se acercaban gruñendo con los colmillos afuera. Por suerte, las tres ramas encendidas no se apagaron. Las movía rápidamente cerca de los hocicos y con el viento brillaba la brasa.

Me encomendé a San Nepomuceno, yo, el *komsomol*. Los perros empezaban a ladrar en guerra. Pero había una indecisión en ellos. Fueron cien metros de horror. Estoy seguro, hoy, recordando aquella aventura, de que el olor químico, tan penetrante, del líquido del inhalador arruinó el banquete de la perrada. Fue seguramente el error del Jefe Imperial, como llamaba Ramón al rottweiler.

Habíamos pasado el cerco. Acosté sobre el piso a Ramón, que por suerte todavía seguía jadeando. Prendí con alcohol unas bolsas por si los perros querían acercarse y, ya tranquilo, sabiendo que el camino hasta la garita de salida no tenía mayor peligro, empecé a intentar la respiración artificial que me había indicado.

Puse su cabeza hacia un lado y empecé a hacer flexiones encima de él; al bajar dejaba que todo mi peso cayera sobre su pecho. Luego masajeé su espalda. Apreté sus costillas como una bomba de caucho que estuviese tapada. Me pareció que aquello podía andar. Él algo dijo o gimió.

Volví a las flexiones, dejando caer mi pecho sobre el de él.

Al alzarme yo decía: "Maiaaa...", y al dejarme caer con toda fuerza: "Mi".

¡Miaaa... mi! ¡Miaaa... mi! ¡Miaaa... mi!

Y así, de repente, cuando yo creía que no había nada que hacer, como por arte de magia se abrió el pecho de Ramón y el aire empezó a pasar. Dejó de estar azul para empezar a ponerse pálido.

Usted sabe cómo es Ramón: creo que entreabrió los ojos y enseguida me hizo un guiño.

De allí, del campamento 1, hasta la guardia de entrada de Podebrady, ya no hubo problema. Por suerte estaban de turno los checos, que llamaron a la ambulancia. Llegó enseguida.

Desde el hospital llamé al señor Pachungo y le dije lo que había pasado con Ramón.

Todo esto es lo que ocurrió. Agradezco al señor Vlásek que me haya puesto en relación con usted.

Sólo muchos años después supe quién era Ramón, como le dije. Y ya lo ve: ahora es un poco tarde como para ir a Miami. Ramón, el Che Guevara, murió como un héroe. Hoy es una figura mundial. Pero por entonces, aquí en Praga, veíamos las cosas de otra manera. Usted me comprende... Yo tengo un puesto de venta de salchichas en el comienzo de la calle Jindriska. Me va muy bien con la libertad de empresa. Hay mucha afluencia de turistas. Pienso que el año próximo podremos tomar una excursión para ir a Miami con mi mujer y mis dos hijos. Sobre todo a Orlando... Disneylandia...

Epílogo

Unos días después, el 19 de julio de 1966, en la estación central de Praga, Ramón Benítez, pasaporte uruguayo número 130.748, apenas una variante de Vázquez Rojas, subió al vagón 181 del tren que lo conduciría hacia Viena. Vladimir, el forzudo, llevó su maleta hasta el asiento número 22. En el número 24 iba Alberto Fernández Montes de Oca, "el señor Pachungo". Guevara abrazó fuertemente a Vladimir y le entregó un sobre para que lo abriese una vez arrancado el tren.

Guevara viajaría, no más, a La Habana. Se había repuesto del ataque antes de lo previsto, pero tuvo que aceptar la propuesta de sensatez de su amigo Ramiro Valdez: públicamente a La Habana no volvía Ernesto Guevara sino Ramón, el comerciante uruguayo. *Incluso durante el breve lapso en La Habana, antes de saltar hacia Bolivia, fue ante sus hijos "el tío Ramón", pues no lo reconocieron con su eficaz disfraz.*

Pachungo Montes de Oca *sabía que estaba ligado a su admirado jefe y que lo acompañaría hasta el final (murió el mismo día que él, en La Higuera, desangrándose de su herida en combate).*

Alguna vez comentó entre sus amigos que en el viaje a Viena, mirando a ese señor Benítez, que iba dos asientos más adelante con un chambergo encajado hasta los ojos, se preguntó ante la misteriosa determinación de su jefe: ¿Quiere morir? ¿Quiere vivir? ¿Quiere triunfar o ser derrotado? ¿Quiere imponer su poder sobre la realidad o ser vencido por la torpe realidad de su tiempo para asumir el supremo y diamantino poder de transformarse en símbolo de todas las rebeldías justicieras de su tiempo?

Pacho Montes de Oca pensó que buscaba tal vez la muerte de la transfiguración. Ese hombre con el chambergo gris, en el asiento 22 del tren a Viena, era el que intentaba lo extremo: el asalto al imposible.

AGRADECIMIENTO

Después del largo viaje a ese inalcanzable
Ernesto Guevara de la Serna, el autor tiene que
agradecer a quienes hicieron posible esa información
especial, transversal y diferenciada que necesitó
para construir su ficción.

En primer lugar a los amigos de la Unión de
Escritores y Artistas de Cuba, que me recibieron y
propiciaron mis visitas a Cuba. A los escritores
cubanos que me acercaron sus opiniones. A Froilán
González y Adys Capull, verdaderos pioneros en
seguir los pasos de Ernesto Guevara por los
vericuetos más insólitos del mundo; a Aleida March,
Félix Guerra, el capitán Ribalta, William Gálvez,
Jon Lee Anderson, Régis Debray, Carmen Quintana,
Ana María Erra, Alicia Eguren, Alberto Granado,

Belén Pacheco y tantos otros. Igualmente a sus amigos de la Argentina, especialmente a Oscar Lavapeur, Melchor Echagüe y Enrique Lerena de la Serna.

Y no quiero dejar de señalar cuánto le debo a Elisabeth Burgos, fina observadora de la intimidad de la revolución cubana, especial conocedora de los problemas de la izquierda revolucionaria en la Bolivia del 67 y de sus protagonistas.

Biografía sintética
de Ernesto "Che" Guevara

1928. El 14 de julio nace Ernesto Guevara de la Serna en Rosario (Argentina).

1932. Los padres de Ernesto —Celia de la Serna de la Llosa y Ernesto Guevara Lynch— deciden mudarse a Alta Gracia, Córdoba, debido a la precaria salud de éste que ya ha tenido sus primeros ataques de asma.

1943. Los Guevara se mudan a Córdoba por motivos laborales de Ernesto Guevara Lynch.

1946. En marzo la familia se muda a Buenos Aires, después de casi quince años de ausencia, debido a la mala situación económica y se instalan en el departamento de la anciana Ana Isabel, madre de Guevara Lynch. La abuela de Ernesto enferma y éste pasa 17 días a la cabecera de su lecho cuidándola. Su muerte es el detonante para que Ernesto decida estudiar medicina.

1950. El 1º de enero emprende solo un viaje en bicicleta con intención de visitar a su amigo de infancia Alberto Granado que está trabajando en un leprosario en San Francisco del Chañar (Córdoba), y luego prosigue su viaje por doce provincias argentinas en un recorrido de más de cuatro mil kilómetros.

Se enamora por primera vez, de María del Carmen (*Chichina*) Ferreyra, hija de una de las más antiguas y adineradas familias de Córdoba.

1952. El 4 de enero emprende un viaje en motocicleta con Alberto Granado, paso previo por Miramar en la costa Atlántica donde veranea Chichina para despedirse y ésta rompe la relación. Recorren durante siete meses el sur de Argentina, Chile, Perú, Colombia, Venezuela. Una avería en el avión de regreso lo obliga a pasar un mes en Miami.

1953. El 11 de abril recibe su título de médico y en julio emprende un nuevo viaje por América latina con su amigo Carlos (*Calica*) Ferrer: Bolivia, Perú, Ecuador, Panamá y Guatemala. En diciembre conoce en Guatemala a la peruana Hilda Gadea, con la cual más tarde contraería matrimonio. Publica artículos científicos y trabaja como médico al servicio del gobierno. Entra en contacto con refugiados cubanos.

1954. Instalado en Guatemala empieza a saborear "las esperanzas de un porvenir socialista". El clima empeora su asma. Toma contacto con el Partido Comunista. En julio, la república democrática de Arbenz sufre un golpe militar y decide partir a México.

1955. En Ciudad de México trabaja como fotógrafo, redactor en una agencia de noticias y como médico. Conoce a los cubanos moncadistas Raúl Castro y Fidel Castro, y este último lo convence para que lo acompañe como médico en su acción revolucionaria a Cuba. Se casa con Hilda Gadea y están esperando un bebé para febrero.

1956. El 25 de febrero nace Hildita. Ernesto, ahora más conocido por el Che, realiza prácticas de tiro en las afueras de Ciudad de México. En junio el Che, Fidel Castro y otros rebeldes son encarcelados. En julio lo liberan junto a Castro. Entretanto ya ha informado a sus padres que ha abandonado la medicina para unirse a los revolucionarios cubanos.

1956. El 25 de noviembre zarpa en *Granma* con 82 personas, cargado con armas, municiones y provisiones con el propósito de bordear el sur de la isla de Cuba y llegar a la costa sudoccidental. El 2 de diciembre encallan y deben desembarcar y buscar abrigo en la maleza pues han sido detectados por un buque guardacostas. Apresados y heridos, el grupo de sobrevivientes se reúne dos semanas después en la sierra.

1957. El 17 de enero Fidel Castro, junto con 22 hombres, toma el cuartel de La Plata y logra así la primera victoria de los rebeldes. En junio el Che y su Cuarta Columna luchan en Sierra Maestra. El 10 de septiembre victoria en Pino del Agua.

1958. En marzo llega el primer argentino a la Sierra Maestra: Jorge Ricardo Masetti. Radio Rebelde transmite bajo las órdenes del Che. El 24 de mayo las tropas del gobierno de Fulgencio Batista inician una ofensiva de gran envergadura en la sierra. En agosto el Che es nombrado comandante de la Octava Columna, con 148 hombres a sus órdenes. En noviembre, Aleida March, de veintidós años, visita el campamento del Che en Santa Clara en misión especial del movimiento rebelde. El 30 de diciembre el Che gana la batalla final a Batista en Santa Clara.

1959. El 2 de enero el Che y Camilo Cienfuegos, comandante del ejército rebelde, entran victoriosos en La Habana, y Fidel Castro hace lo propio en Santiago de Cuba. El 2 de junio recibe la ciudadanía cubana y se casa con Aleida March. Tendrán cuatro hijos: Aleidita, Celia, Camilito y Ernesto.

1959. Inicia su actividad como embajador de Cuba viajando por distintos países del mundo para establecer relaciones comerciales. En octubre es nombrado director de la División de Industrialización de la Agricultura, y poco después presidente del Banco Nacional.

1960. En enero Fidel Castro decreta la expropiación de todas las plantaciones azucareras y los grandes establecimientos ganaderos para convertirlos en cooperativas administradas por el Estado.

1960. Conoce en Berlín a la germano-argentina de veintidós años Haydée Tamara Bunke, intérprete oficial y miembro del Partido Comunista, que luego se conocería por el nombre de Tania.

1961. El 23 de febrero es nombrado ministro de Industria. El 15 de abril desembarco de "exiliados cubanos" en la Bahía de Cochinos, dirigido por la CIA, pero sin la participación directa de las tropas estadounidenses.

1964. Viaja a Estados Unidos y habla en las Naciones Unidas.

1965. El 14 de marzo, después de su visita al Congo, Guinea, Tanzania, Egipto y Argelia vuelve a Cuba en carácter oficial por última vez. El 1° de abril viaja de nuevo y secretamente a África, bajo la identidad de Ramón Benítez, rasurado, de aspecto sobrio y con anteojos, como consejero militar. El 3 de octubre Fidel Castro lee la carta de despedida del Che.

1965. El 25 de noviembre, tras la derrota del Congo y el fin de la revolución congoleña, el Che se traslada a París, Moscú y finalmente a Praga con una identidad falsa, donde se aloja en una casa clandestina, y permanece varios meses preparándose para llevar a cabo la operación para crear el "foco Continental" decisivo para la liberación de Sudamérica.

1966. El 3 de noviembre Guevara viaja a Bolivia bajo la falsa identidad de Adolfo Mena González, un maduro empresario uruguayo. Previamente viaja a Cuba donde se aloja clandestinamente en la zona rural del este de La Habana y se despide de su familia y de Fidel Castro.

1967. El 23 de marzo tiene lugar el primer enfrentamiento militar con las tropas bolivianas, y el 8 de octubre los guerrilleros son apresados y encarcelados. El Che es trasladado al Colegio de Higueras donde es interrogado. El 9 de octubre es asesinado, ametrallado por el sargento Terán a órdenes del comando del ejército boliviano.

1997. Son hallados los restos del Che en Bolivia y trasladados a Cuba, donde es enterrado con honores en Santa Clara.

DRAMATIS PERSONAE

BENIGNO: Nombre de guerra de Daniel Alarcón Ramírez. Acompañó a Guevara hasta el combate final. Logró sobrevivir. Hoy vive en París.

DEBRAY, RÉGIS: Intelectual francés que se agregó a la guerrilla de Guevara. Escribió un extraordinario retrato del carácter revolucionario y la disciplina militar del Che. Vive en París.

DE LA SERNA, CELIA: Madre de Ernesto Guevara. Personaje decisivo en su vida (y en el tema de su "muerte propia").

ECHAGÜE, MELCHOR: Escritor y diplomático que compartió con Guevara sus primeros años infantiles.

ESTRADA, ULISES: Importante agente de la revolución cubana. Acompañó a Guevara durante una etapa en Praga.

FERREYRA, CHICHINA: Fue el intenso amor juvenil

de Guevara. Pertenece a una de las familias más encumbradas y poderosas de Córdoba.

GRANADO, ALBERTO: Compañero de Guevara en sus años de estudios en Córdoba. Con él emprendió siendo todavía estudiante viajes por América, uniendo leprosarios. Hoy vive en Cuba y ha sido una importante fuente de información para el autor sobre ciertas curiosidades de carácter de Guevara.

GUEVARA LYNCH, ERNESTO: Padre del Che.

HOLAN, VLADIMIR: Jardinero y chofer de la embajada de Cuba. Aparece con nombre supuesto. Acompañó a Guevara en sus extenuantes entrenamientos, en 1966, antes de las acciones de Bolivia.

INFANTE, TITA: Amiga y compañera de estudios de Guevara. Era afiliada a la Juventud Comunista y tuvo extraordinaria importancia en años en que el Che se acercaba desordenadamente a la política. Ella e Hilda Gadea le aportaron ideas organizadas de marxismo. Hubo entre ella y Guevara un amor, raro y tal vez sólo intelectual. Se escribieron durante muchos años. Ella, ya médica, se suicidó.

LAVAPEUR, OSCAR: Poeta y abogado porteño que aportó al autor invalorables observaciones sobre el carácter de Ernesto Guevara en su adolescencia y años de estudiante.

LERENA DE LA SERNA, ENRIQUE: Escritor, zoófilo y excéntrico personaje del Buenos Aires profundo. Pariente de Ernesto Guevara.

MARCH, ALEIDA: Esposa, madre de sus hijos, compañera y amiga de Guevara. Se conocieron en la campaña de Las Villas. Él se divorció de Hilda Gadea y se casó con ella a poco de la toma del poder.

MASETTI, JORGE RICARDO: Figura esencial en la conspiración guevarista. Intentó encender un foco de combate en Salta donde murió en acción sin que nunca se encontrase su cadáver. Era una de las personas por las que Guevara tuvo confianza. También argentino.

"PAPI" MARTÍNEZ TAMAYO: José María Martínez Tamayo. El principal agente de Guevara. Encargado de organizar la operación revolucionaria en Bolivia. Estuvo con su jefe en Praga y murió en acción comandando la columna donde estaba enrolada Tania.

PIÑEIRO: Mítico jefe de los servicios secretos de Cuba, fallecido recientemente.

POMBO: Hoy es el general Harry Villegas Tamayo. Uno de los principales colaboradores de Guevara en Praga. Logró sobrevivir a la derrota de Ñancahuazu.

TANIA: Sobrenombre de Tamara Bunke Bider, amiga de Guevara que se transformaría en su principal agente en Bolivia, con el nombre de Laura Gutiérrez o Marta Iriarte. Era argentina de familia alemana. Probablemente fue reclutada por el servicio alemán bajo las órdenes del mítico Markus Wolf. Tuvo importancia principalísima en la organización de la red de apoyo urbano en Bolivia y cuando se iniciaron las acciones en Ñancahuazu, Tania se agregó al combate. Su experiencia fue la de un verdadero *via crucis* pues enfermó gravemente. Murió en acción.

VLÁSEK: Ex miembro del servicio de seguridad del Estado de la Checoslovaquia comunista, encargado en 1966 de la vigilancia de Ernesto Guevara durante la etapa clandestina en Praga.